現代魔法師
03

本作主角，一名普通的大學生，個性有點優柔寡斷，
但內心充滿正義感。因為一起踩破魔法師結界的意外，
認識漂亮美眉藤原綾後，被挖掘加入魔法界，
自此脫離平凡的宅男生活，邁向神奇刺激的魔法師修行之旅。

阿宅男主人公 陳佐維

韓系美少女**韓太妍**

韓國魔法結社【大宇宙】的新任副社長，
個性活潑、身材姣好，跟藤原綾是從小到大的宿敵，
兩人從魔法學習比到結社事業~~比到身材~~，
總有辦法一見面就鬥得不可開交。
為了不輸給藤原綾，最新目標鎖定是陳佐維？

傲嬌正牌(?)女主角藤原綾

本作的女主角，從小生長在魔法世家，是魔法界的小公主。
她個性霸道很有主見，很注重自己的形象與穿著，
對於魔法界的知識常識也很清楚了解。
因為想要自創結社而接受審核，
卻在考試時意外碰上了陳佐維，兩人的故事就此展開。

實際年齡不詳，目測約十三、十四歲。
【祖靈之界】裡督瑪族酋長的獨生女，督瑪族的公主。
個性善良且堅強，會照顧弱小的族人。
她肩負國仇家恨，從【祖靈之界】跑到臺中尋找
神劍傳人陳佐維的下落，但初登場時卻是……

賣萌不要錢之督瑪公主

公孫靜

在【天地之間】裡專門負責看守神劍「軒轅劍」封印的「侍劍」，
是個沉默寡言、冰清玉潔的女孩。
對於自己身負的家族責任，相當重視。

韓太賢

韓國魔法結社【大宇宙】新任社長，
為了要調查某個案件而來到臺灣。
跟藤原綾從小就認識，
但卻意外的對陳佐維很在意。
他待人親切，有如鄰家大哥一樣，脾氣也很好。一手將妹妹韓太妍帶大。

慕容雪

自稱是道家「建成仙人」的關門弟子，
總愛穿著高中制服斬妖除魔。
個性大而化之、說話幽默風趣。
目前與公孫靜搭檔中。

藤原美惠子

日本人，非常寵溺女兒藤原綾。
是個很有氣質的優雅女人，
試圖振作積弱已久的東方魔法界。

偉銘

陳佐維的大學麻吉，
是個會看人臉色說話的大少爺花花公子。

宅月

陳佐維的大學麻吉，
一個重度動漫遊戲迷的阿宅。

魔法師目錄

INDEX

NO.START

月黑、風高、殺人夜

這是一個月黑風高的夜晚。

某個國家裡面，某處深山野嶺中，某座森林內。

一道急促、倉皇的腳步聲，一個跌跌撞撞還不斷回頭看的身影，一個氣喘吁吁、拚死想要逃離某個追逐的——人。

這個人穿著改良過的傳統服裝，手上拿著一把白色的摺扇。因為逃跑的速度很快，跌跌撞撞搞得自己非常狼狽，所以身上到處都是汙泥，鞋子也不知道掉到何處。仔細一看，他的身體已經受了傷，鮮血汩汩流出。

他是一個年約五十歲左右的男性，東方黃種人，身材高大魁梧，肌肉健美發達。

或許是身上的傷勢所致，也或許是年紀漸長所致，男人逃跑到森林裡之後，他的腳步逐漸的趨緩下來。最後，他找到一棵粗壯的巨樹，靠在樹幹上，閉著眼睛喘息。

「…………！」男人唸唸有詞，接著用扇柄往自己身上各大要穴使勁敲擊下去。說也神奇，他才剛敲擊了穴道，身上的肌肉立刻產生了變化，變得更加結實、緊密，將身上的傷痕硬是密合起來，將血止住。

「老鬼，跑不動了嗎？」

一個年輕的男子聲音從樹梢傳來。他說得輕鬆自在寫意，好像自己居高臨下，完全將中年男人的行蹤掌握於手一樣。

聽到這個聲音，中年男人不但沒有剛才那慌亂的樣子，反而臉上露出了喜悅的笑容。

「你當真以為，我怕了你了？」中年男人瞪著天空回應：「你的魔法都是我教給你的！剛才要不是因為偷襲，你真以為你能傷得了我？」

「真有意思，請不要對自己身上的傷勢視若無睹，好嗎？」

「呸！」中年男子憤怒的吼著：「身體的傷不算什麼！我是傷心！你為什麼要這麼做？」

「關你屁事。」

就在這一瞬間，中年男人像是掌握到年輕男子的行蹤，手中摺扇往空中一揮，竟憑空揮出一道散發出淡紫色光芒的魔法光束，劃破空氣爆出了「咻！」的一聲，直取樹梢而去。但打下來的，除了樹枝、樹葉以外，並沒有打到中年男人真正想要攻擊的目標。

「看來你是真的老了，連個最基本的……都打不中對手。早點死一死早點解脫，不是很好？」

「……你出來！不要只躲在暗處說話！」中年男人憤怒的吼道。

「這又有什麼關係，只要你別再繼續跑了就好。」

說完，一個西裝筆挺的年輕男子，便從中年男人面前不遠的森林深處中出現。他不像是走出來的，反而比較像是憑空出現，從黑暗中誕生一般。

年輕男子面露俊逸的微笑，說：「你想見我，這不是見到了？」

話才剛說完，馬上又有另一道淡紫色的魔法光束貫穿了年輕男子的肩膀。不過沒想到，這竟然只是年輕男子的幻象，並非他的真身。

「毫不猶豫的出手攻擊，力道跟準度都無可挑剔。看來我剛才是失禮了……你還沒老到那種程度，起碼該狠下心來的，還是能狠心去做。」

年輕男子的聲音改從身後傳來，中年男人立刻回頭看去，就看到那年輕男子依舊保持著堪稱完美的笑容，雙手插在西裝褲口袋中，一派輕鬆的看著自己。

樹林中的能見度很低，但年輕男子的血紅色雙眼在黑暗中不但明顯，也格外妖異。

年輕男子笑著說：「不過，只瞄準肩膀，而不是心臟或者頭部攻擊……看來血濃於水的感情，還是讓你的判斷錯誤了。」

「你……妖、妖怪！」

「沒錯。」

說完，年輕男子表情一凜，便瞬間出現在中年男人的另外一側。同時，他雙手一揮，在完全不需要藉助道具的情況下，空手劈出兩道淡紫色的魔法光束。

兩道魔法光束的來勢又凶又猛，中年男人根本避無可避。但這兩道肯定能致命的魔法光束，卻沒有瞄準中年男人身上的要害，反而是朝著不痛不癢的左肩以及右側腰旁掠過，僅在他身上留下最小程度的傷痕。

「嗚！」

中年男人吃痛，也吃驚。

如果是被對方突然發難偷襲導致自己受傷，那還可以說是自己毫無準備，但現在的情況很明顯，對方的魔法造詣比自己高出不止一階。能殺死自己卻只在玩弄自己的生命，這讓中年男人完全不敢相信，眼前這個年輕男子的修為竟會如此誇張。

也因此，他很認分的知道，自己要是不逃走而選擇硬拚的話，就是死路一條。

於是他又逃走了。

但年輕男子並沒有馬上追趕，反而是張狂的在森林中放聲大笑。

「對～逃吧！逃吧你！我還想知道自己到底有多少能耐啊！你別死太快，我還沒玩夠啊！啊哈哈哈哈哈……」

中年男人一路往山上的方向跑。他又回到一開始那個跌跌撞撞的狼狽狀態。對方明明就是……但為什麼會變成這樣？這到底是為什麼？

「為什麼他要殺我？難道是為了要……可是……」

可是沒路了。

中年男人一路跑出森林，在岩石上奔跑，跑到最後，他竟跑到一座懸崖邊上。眼前沒有任何的道路，身後的追兵又跟死神一樣深不可測。他只能咬緊牙關，再度用扇子敲擊自己身上的穴道，強逼自己回頭面對這個恐怖的強敵。

中年男人回頭，看著那雙手插在口袋，慢慢從森林中散步出來的年輕男子。年輕男子的西裝巧妙的跟夜色融為一體，就像是他誕生於黑暗，黑暗包圍著他一樣。

但他那對深紅色的惡魔雙目，真是詭異得不得了。

「不逃了？」年輕男子笑了笑，「看你這氣勢，想必是要跟我做決戰了吧？也剛好……我剛好來試試，你教給我的魔法，我到底可以運用到什麼程度。」

說完，年輕男子舉起右手，對中年男人比出三根手指，然後囂張的說：「三招吧！就讓你先攻三招試試看，來吧！不要客氣，不要手下留情，不然你只會死得更慘而已。」

「吼啊啊啊啊啊！」

中年男人爆出一聲怒吼，手中摺扇展開，對著年輕男子一連揮出數十道淡紫色的半圓形魔法。這魔法鋒利如刃，走勢極快！在地上刻出深淺不一的刀痕，直取年輕男子而去。

年輕男子不慌不忙，雙手畫圓成盾，竟在自己面前畫出一塊發出淡紫色光芒的半透明魔法盾。這扇半透明的魔法盾堅硬無比，將中年男人的魔法盡數格擋下來。

「就這麼一點程度？」年輕男子舉著魔法盾牌，臉上的笑容更盛，輕蔑的說：「看來你這個師父的程度並不怎麼棒嘛！還有兩招，你加油吧！」

中年男子剛才揮出的魔法造成了傷口的裂開，迸出了殷紅的鮮血。他咬牙怒瞪年輕男子，手中摺扇畫圓，腳步也繞起圈子。隨著他身體的旋轉、扇子的旋轉，從四面八方吸扯過來的紫氣就越發明顯。紫氣纏繞在他身上加速了旋轉的力道，逐漸形成一個紫色的華麗小龍捲。

「這招似乎有些看頭。」年輕男子笑著，還挑釁般的用手指輕敲著自己手上的盾牌，說：「不過我還是很想知道，這盾牌到底夠不夠力！」

中年男人聚勁完畢，扇子一收，改用雙掌直接將紫色龍捲朝著年輕男子推出！一道橫向移動的紫色龍捲漩渦，用誇張的力量以及速度，奔向年輕男子。

年輕男子依舊面帶微笑，雙手舉盾抵擋。盾牌被紫色的龍捲漩渦颳出刺耳的聲響，可是依舊沒能突破盾牌的守護。整道龍捲颳完，年輕男子手中的盾牌雖然傷痕累累，但卻依然健在。

「鏘鏘！」

年輕男子又用手指敲了敲即將破碎的盾牌，笑容滿面的對中年男人說：「呵呵～再加把勁啊！你的攻擊就快突破我的盾牌啦！這魔法挺好用的，但你真的是沒用的人呢！」

「閉嘴！」中年男人怒極。

他用力的將摺扇拗斷，將尖銳的斷口處朝著自己丹田、心窩兩大要穴刺入。只見一股刺眼的紫色光芒自斷扇不停的散發出來，又從他身上的傷口處不斷的吸入。當全身充滿紫色的光芒後，他才將沒用的斷扇拔出，隨手扔在一旁。

「老鬼看起來是要拚命啦？」年輕男子故作詫異表情，但隨即又恢復他的笑容，並把傷痕累累的盾牌舉起，說：「但我還是得試試看，看看你教給我的魔法，到底可以在我手上發揮到什麼程度～」

「吼啊啊啊啊啊！」

年輕男子還未說完，中年男人就大吼一聲，從口中噴出無限億萬的紫色火焰！紫火蘊藏無窮威力，甚至還震撼了大地。就連一直保持輕鬆態度的年輕男子也難得皺起眉頭。

「爛船也有三吋釘。」年輕男子笑著，雙手舉盾抵擋。

「轟！」

盾牌在接觸到紫火的瞬間，就炸成點點碎片。但年輕男子卻沒有被傷到半分。

他張開嘴巴，將所有的火焰都吃了下去。

看到這駭人的一幕，中年男人徹底絕望。

他知道今天躲不掉這個死劫。

他知道自己絕對不是眼前這男子的對手。

他知道對方是怪物。

他知道自己會死，但他不甘心。

「為什麼……你會變成這樣？」

「問錯了。」年輕男子抹抹嘴巴，笑著說：「應該要問，我什麼時候變成這樣的。」

「什麼……」

「不過你問錯了，就沒有再問一次的機會了。」

年輕男子說完，右手比出劍指的姿勢，對著中年男人的方向憑空劈了一劍，劈出一道黑色的劍氣，轟在中年男人身上，把他轟下斷崖，粉身碎骨，慘死當場。

年輕男子緩緩的走到懸崖邊，看著底下無盡的深淵黑暗，嘴角掛著微微的笑容。

「老鬼，你安息吧！我會好好利用這個權力，來完成我該完成的事情的。」

年輕男子說完，轉身離開。

掉下了不屬於他靈魂的淚水。

這是一個月黑風高的夜晚。

一個月黑風高的殺人夜。

故事，就從這裡展開。

NO.001

你的阿公——到底有幾個啊！？

俗話說得好：錢不是萬能，可沒有錢卻是萬萬不能。

在現代這個「在家靠父母，出外靠銀兩；有錢能使鬼推磨，沒錢只能吃大便」的時代裡，你要做什麼都必須要花錢。你要吃飯要錢，你要買衣服要錢，你要坐車要錢，你要唸書要打電動要玩樂都要錢。這是一個沒有錢就什麼都做不了的世界。

因此，在這樣的一個社會裡，把沒有錢這件事情看作一個大危機，是很合理的。

而之所以我要在這次故事的開場說這麼一大串似是而非的人生大道理，原因很簡單，就是因為呢……

我們結社快要因為破產而倒閉了啊啊啊啊啊！

我的名字叫做「陳佐維」，是個在臺中東海大學唸書的大學二年級生。在兩個月前，也就是大一升大二的那個暑假，因為意外踏破了女魔法師「藤原綾」的結界，因此踏上了一條名為魔法師的不歸路。

在經歷了許多事件之後，我不但成了傳說中的神劍・軒轅劍的繼承者，背負著復興東方魔法界和決戰上古大妖魔．黑龍的使命，也跟藤原綾一起組織了一個叫做【神劍除靈事務所】的魔法結社。

OK，如果各位是從一開始就追我的故事一直到現在的觀眾朋友應該就會了解，我們結社的社長藤原綾，這個驕縱刁蠻的女孩來頭可大了——當然，如果不曉得前面的故事內容，建議您趕快去把前兩集都買回家拜吧！

藤原綾出身自「日本第一，東亞最強」的魔法結社【藤原結社】，母親更是魔法世界最高組織中，三大會長之一的【組織．東方魔法界】會長．聖巫女．藤原美惠子。藤原綾可以說是一個貨真價實、血統純正的魔法界小公主，而且還非常非常、非常非常非常、非常非常非常非常非常的有錢。

也就是因為這傢伙實在太有錢了！所以她根本就沒有所謂的正確的「花錢」概念。

我來舉個小例子說明給各位聽，大家就知道了。

藤原綾很喜歡逛街血拚。這兩個月來，除了每天的例行練功外，她也會在假日抽空要我陪她去逛百貨公司、精品商圈等貴婦專屬的逛街血拚區。而因為這傢伙實在有錢到太討人厭了！所以每當她踏進百貨公司、精品服飾專櫃裡，只要她看了覺得爽，摸起來手感挺舒服的，就直接把卡拿出來刷了買回家。

從第一層開始這樣買，買到頂樓口渴了想要喝杯飲料也是這樣買，幾乎是除了美食街以外，每一層都可以消費個十幾萬，甚至是幾十萬之譜。買爽了肚子餓了，還會拉著我往旁邊的五星級飯店餐廳跑，吃那種一頓就要好幾千甚至上萬元的餐點當午餐或者晚餐，結束這次的血拚。

說實在的，照她這種幫人家衝業績的消費方式，臺中市這些百貨公司應該要聯合起來送我們一塊上面寫著「惠我良多」的匾額才對啊！

這種氣死人的花錢手法，大約每一、兩個禮拜就會發生一次。偶爾她心情不好，一個禮拜就會發生一、兩次。我們認識到現在也才兩個月，大家應該不難猜測，這中間她到底去過幾次百貨公司血拚。

而在前幾天晚上，這女人想要從 ATM 裡面領個兩千塊去我們倆小窩對面吃魯肉飯的時候，她發現自己的戶頭竟然只剩下不到兩萬元的存款，才驚覺自己已經快要破產了！

在說明原因之前，我覺得大家得先有個基本認識。

身為一個魔法師，賺錢的速度肯定慢不下來。有些紅牌魔法師賺錢的速度更是跟印鈔機一樣誇張。而這些魔法師所屬的結社的經營方式，扣掉其他副業、見不得人的地下勾當不談，主要也脫離不了幾個大方向：

第一種，王道型結社。這種結社就是最基本的，靠著解決各種魔法任務來賺錢。這種賺錢方式最簡單最無腦也最主流，所以我都把他們叫做王道型結社。

第二種，研究型結社。顧名思義，這種結社就是靠研究魔法，想要在既有的魔法基礎上鑽研出新的可能，或者是研究發展全新流派的魔法，訂出一個研究的題目，通過【組織】的審核認可，靠【組織】核發的研究經費過活。

第三種，包養型結社。其實我也不太清楚到底該給這種結社怎樣的稱呼，就暫時用包養型結社來稱之。這通常都是新興的小結社，會依附在各個大型古老傳統結社的名下，他們替大結社做事，不管是解決任務或者研究魔法，然後靠大結社提供的經費過日子。

基本上，包養型結社就是前兩種結社的變形，不過這種結社通常都不直接跟【組織】

做接觸，他們藉由大型結社來供養，省去很多業務上的麻煩。而大型結社也可以靠這些小結社來增加自己的知名度、提出全新的魔法研究企劃、或者是提升任務的解決率，所以算是一種各取所需的經營模式。

好的，原本我們結社從創立以來，就一直打算要走第一種王道型模式來經營。不過藤原綾一直認為我還在培養期，尤其是上一個任務我差點就丟了小命，藤原綾更是不願意在我還沒訓練完成的情況下再去接洽任務。所以這第一種路線，並沒有讓我們結社賺到錢。

第二種路線就不用說了！基本上魔法發展至今，已經是一門死掉的學問了。它跟數學、科學並不一樣，不是每天都會有全新的東西能被人發現或者發明。

講一句最難聽的，光是研究到現在超過兩千年，還沒有第二個上帝出現，就知道魔法這種事情是很難有所突破的。頂多就是在前人的研究上加文章，就好像我那不倫不類不三不四、千年傳統全新感受的五行劍法一樣。所以，我們並沒有使用這種經營模式。

好啦！既然我們一不接任務、二不做研究，那我們該怎麼生活呢？

原本我們社長想的很簡單，雖然我們自己沒在幹活，但廣義上看來，我們其實也是一個包養型結社。而我們依附的大結社，不是【藤原結社】就肯定會是【組織】嘛！

沒為什麼，因為社長的老媽就是上述兩大恐怖組織的首腦，首腦的女兒出來開宗立派，當個小小靠母族，也是人之常情啊～

結果沒有！

早在藤原綾和我手牽著手一起向【組織】登記結社，我們【神劍除靈事務所】正式掛牌營業的那一天開始，美惠子阿姨對藤原綾的金援外交就已經終止了啊！

雖然說美惠子阿姨之所以暫停對藤原綾的金援外交是為了要避嫌，這是很合情合理、很合邏輯的，但不知道為什麼她竟然沒事先知會我們一聲，就直接終止了她們母女之間的金錢交流啊！

所以啦～在沒有正當的工作收入，也沒有非法資金流通，又不斷做出莫名其妙多的消費情況之下，破產是指日可待的。

只是誰都沒想到，那一天竟然會這麼快的到來。

⊕⊕⊕　　⊕⊕⊕

「我還是覺得很不爽。」

「嗯？」

在藤原綾發現了我們結社要破產的當下，她就說要先回去找她老母了解一下情況。這一去就是一整個下午，一直到晚上才提著兩個便當回來。

我並不了解破產案最新的發展如何，藤原綾也沒有多提，所以我一直以為情況好像還可以。只是沒想到，吃飯的時候藤原綾噴了這麼一句出來。

想當然，身為最關心藤原綾心情好壞的超貼心副社長，自然是想要了解一下我們家社長到底在不爽什麼。

以避免被颱風尾掃到，死得不明不白。

「怎麼啦？」我問。

「媽媽說她有跟我講過，說不給我零用錢了！可是她明明就沒講，對不對？」

「……我哪知道她有沒有跟妳講過啊？」我很無奈的回應，但機伶的我還是馬上贊同藤原綾：「不過，既然妳都沒有跟我提過這件事情，我猜，這表示阿姨她應該沒有跟妳講過才是。」

其實說真的，我不知道美惠子阿姨有沒有去大街小巷貼公告表示她不給藤原綾零用錢了啦！然而在我接觸到藤原綾那充滿殺氣的眼神後，我也只能說社長是對的。

「對咩！哼！都她在講的！哼！」藤原綾憤怒的啃了口雞腿。

喔對了，就算我們結社已經快要破產了，但絕不虧待自己是藤原綾的行事最高準則，所以她今天的便當是附近快餐店裡最貴的雞腿飯加蛋，一點都沒有共體時艱的意思。不過，她買給我吃的就是最便宜的香腸蛋飯，讓我真的用身體去感受到經濟的不景氣。

藤原綾邊吃邊繼續說：「不過她說的也是，我們結社都沒有收入，破產只是遲早的問題。」

我點點頭，說：「嗯，所以我們現在要怎麼辦呢？」

藤原綾沒有馬上回答我，而是先瞪著我看，看得我都不好意思把那顆滷蛋放進嘴巴，差點要夾給她吃了。

「……幹嘛啊？我臉上有東西？」

「……都是你害的。」

「我靠！又我害的？」

「嗯。」藤原綾點點頭，往椅背上一躺，雙手交叉在發育失敗的胸前，理所當然的說：「要不是因為你的實力太弱，學藝不精，你以為本小姐會一直到現在都快破產了，還不肯去接任務嗎？」

「……」

這番話說得我無言以對。雖然我很想反嗆她說要不是因為她花錢這麼沒有概念，要不然我們結社的經費應該夠撐到我變成魔法大師啊！但我自己實力低落的確是事實，我沒辦法去爭辯什麼。

藤原綾嘆了口氣，說：「好啦！既然事情都已經變成這樣了，我也懶得一直去提醒你有多爛。總之，我們真的要去投標任務回來完成了，不然再這麼下去，不要說是你的薪水發不出來，就是本小姐要吃飯都成問題啦！」

「嗯，說的也是。」我點點頭，但還是不免提醒道：「欸欸，不過雖然說要去投標任務，但妳還是要記得弄簡單一點的回來解決啊！」

「……簡單？」藤原綾歪著頭，問我。

「當、當然啊！話說妳也知道我學藝不精，我還在修煉魔法吧？可是妳有沒有玩過網路遊戲或者單機的RPG？沒有人第一個任務就要下副本推王的啊！哪有人在新手村外面就放巴哈姆特啊？人家別的魔法師第一個任務肯定都是簡單的吧？哪有人跟我一樣，第一個任務就要殺去打祖靈戰爭的啊！」

「你還真敢說咧！」藤原綾突然爆氣了，她用力往桌子上拍了一下，指著我說：「要不是因為有人手賤腦殘，愛去撿什麼流浪動物回家，那次的任務會搞得那麼複雜嗎？所以你是在怪我嗎？我沒有叫你把那隻該死的流浪動物丟掉嗎？蛤？」

「呃……對、對不起啦……我、我只是舉例，不是要怪妳……」

自從上次我撿到小黑熊換來一趟大冒險後（詳情請見《魔法師與祖靈的怒吼》），家裡就又多了一個「不准靠近流浪生物」的禁語了。而且也因為這件事情，藤原綾才對於接任務這麼排斥，一直跟她老媽說除非等我培養完成，不然我們結社不會再出任務了。

總之，雖然我好像在拿石頭砸自己的腳，故意找個點逼藤原綾暴走然後把自己嗆爆，但我真的只是希望藤原綾能夠把任務難度降低一點……如果我們非得要找個任務來完成才不致於餓死的話。

藤原綾暴走起來就一直碎碎唸個不停，最後好不容易給我一個結論：既然我這麼愛挑剔任務，那明天我就跟她一起去【組織】，自己投標一個簡單任務回來！

這是社長命令！

⊕⊕⊕　⊕⊕⊕

隔天早上睡醒之後，我換好衣服到樓下等藤原綾變身完成。這個時候，平常老是埋伏在附近的黑衣人MIB也開著大黑頭車過來。我上了車，想說等藤原綾也是等，這傢伙換裝兼化妝的時間長得難以想像，便開始跟黑衣人司機打屁聊天。

結果沒想到這黑衣人不但造型酷，個性也酷得一塌糊塗啊！本來我想說大家在同一個老闆底下做事，先從抱怨老闆的虐待開始閒話家常來拉近彼此之間的距離，結果從老闆的個性、長相聊到今天天氣不錯，甚至最後我都半放棄的打算試著問他懂不懂微積分或者線性代數……但他不要說是理我了，就連吭一聲都不肯啊！

好不容易，藤原綾終於下樓了。看著她身上那幾乎沒有重複過的洋裝、名牌包包、珠寶首飾、名鞋等等，我大概也知道錢花到哪裡去了。

不過，這女人真的很漂亮很可愛啊！雖然說那都是金錢堆砌出來的，但她本身的條件的確是很好啊！真的就是除了胸部比小學生還貧弱，還有她的個性讓人不敢恭維以外，她的臉蛋啊～腰部曲線啊～臀部和美腿，都無懈可擊啊！

藤原綾一上車，司機就發動車子出發了。看了看黑衣人司機，又看了看身旁看著風景的藤原綾，我抓抓頭，一個奇怪的疑問突然冒了出來，讓我非常的納悶。

「……那個，我們不是已經快破產了嗎？」

聽到破產這關鍵字，藤原綾就瞪了我一眼，說：「怎樣？現在是想嫌我愛亂花錢買這些漂亮衣服嗎？」

我趕緊搖搖頭，說：「不是啦！我只是想問，都沒錢了怎麼還請司機、保鑣啊？就是這些黑衣人啊！難道這其實是妳媽媽請來的？」

藤原綾愣了一下，然後發出劇烈的笑聲，笑得我都不知道我剛才的問題到底笑點在哪裡，一頭霧水啊！

她笑了半天，才搖搖頭說：「他們不是人類。」

「蛤？」

聽藤原綾這樣講，我真的是一點懷疑都沒有。可是對應到魔法師的身分，我很難不去聯想現在在幫我們開車的東西到底是什麼。這東西搞不好是藤原綾半夜去東別附近的公墓把人家阿公挖出來用魔法製成的喪屍啊！難怪要戴墨鏡了啊啊啊啊！

「雖然不知道你想到哪裡去了，可是我總覺得你一定猜錯了。」藤原綾又搖搖頭，嘆口氣說：「你到底有沒有聽我的話，好好的補充魔法常識啊？」

「……有啊！」

何止是有啊，根本就是因為補得太過頭了，我才會把妳趁我不注意的時候去墳場挖人家阿公出來、把別人阿公開腸破肚、挖出裡面的內臟用容器保存好，改用魔藥代替，再把肚子縫好、唸咒語，成功製造喪屍MIB的畫面想像的如此真實啊！

「那，你陰陽道的部分唸完了嗎？」藤原綾又問。

「有啊！就是……呃……不會吧？」我抓抓頭，看了看那位專心在開車的司機，又問：「妳是說，他是妳的『式神』？」

「不是他，是他們。」藤原綾嘆了口氣，說：「唉，跟在我身邊學習這麼久了，連他們是式神、不是人都看不出來，你真的很爛。」

「靠！這些黑衣人給人的感覺就是超酷，我以為是因為他們要保持超酷的形象才不跟我說話的啊！誰會想到那是式神啊！而且既然妳明明就有式神，為啥之前沒看妳把他們應用在戰鬥上啊？」

藤原綾瞪了我一眼，讓我氣燄又小了下去。跟她認識兩個月了，每次她瞪我的時候，她周身散發出來的濃烈殺氣都還是會讓我感覺害怕。

她說：「太花魔力了。反正現在有你會跟在我身邊、幫我在前面當肉盾爭取施法時間，我還不如把操縱式神的魔力留下來，專心用《五行禁咒歌》來戰鬥。」

「唔……講得好像我的命比不上妳魔力重要似的……」

「那是因為你真的太弱了！有時間嫌我怎麼不看重你一點，倒不如把時間拿去讓自己變厲害一些，好讓我改觀啊！」

藤原綾說完，就閉上嘴巴不說話，繼續看她的風景去了。

雖然她說得很中肯，但身為被批評的對象，我實在很難幫她按讚，心情就悶了起來。

「……不過我也知道你在努力了啦！總有一天你會成功的，加油。」

藤原綾突然丟了這麼一句安慰的話出來，當場讓我感動到眼淚都快噴出來了啊！我真的想不到妳也會安慰人啊！就跟《哆啦A夢》電影版裡的胖虎一樣，妳果然是好人來的啊！

車子沒有開向熟悉的藤原家，而是轉向市政府的方向。車子一路開進那附近某間商業大樓的地下停車場裡，停好車後，藤原綾就領著我下車，往電梯的方向走去。

「欸問妳喔，司機是妳的式神，那那輛 BMW 該不會其實是紙紮的吧？」

「紮你個頭，幹嘛坐死人的車咒自己倒楣啊你！欠揍啊？」

「人家好奇嘛……」

雖然得知那輛車不是紙紮的讓人覺得有點期望落空，感覺其實魔法也是有辦不到的事情。可是在藤原綾說了那是她老媽慶祝她考到駕照送她的禮物後，不知道為什麼，我反而有點不爽了起來。

馬的！有些人拚死拚活一輩子搞不好都沒坐過一次 BMW，妳不過只是考到駕照就有人會送妳一輛，這到底是什麼樣貧富懸殊的世界啊！

電梯上到七樓就停了，藤原綾領著我走了進去。這裡是一間很大的公司，裡面有不少穿著襯衫、西裝、套裝在走來走去的男男女女。因為沒有掛公司行號的招牌，所以我不知道這裡是在幹嘛的，當然就更不知道藤原綾把我找來這裡是要幹嘛了。

「這裡就是【組織・東方魔法界】的臺灣辦公室。」

像是跟我有心電感應一樣，我才剛想問藤原綾這問題，她就先回答我了。

大概是因為這次沒有什麼預設立場，加上我個人也認為能夠管理整個魔法世界的【組織】，規模肯定不小，所以當我看到【組織】辦公室竟然給人的感覺是跟普通的辦公室一樣的時候，我也沒啥失望的感覺。

而之所以要來這裡，是因為要進行任務投標。

說實在的，不管是我們結社的結社審核測驗，或者是上次那個土地公失蹤事件，我們都是直接去藤原綾家，讓她老母把任務分配給我們。但其實這是不正確的，只是因為美惠子阿姨是會長，才可以這麼隨便。

事實上，當一個結社要執行一個任務委託之前，是必須要先向【組織】登記通報。【組織】會給你一個號碼牌和日期，在那天會舉辦一個月一次的任務投標會。你必須要出席這場投標會，跟其他同業競標，最後成功的標下任務的執行權後，才可以去完成這個任務委託。

能投標的任務種類、難度和數量，都會按照各結社的規模有所不同。像我們結社這樣的規模，我猜除非美惠子阿姨又偷偷讓我們走後門耍特權，不然應該只能投標一個任務。

投標會的進行方式，就跟一般電影裡或者是夜市叫賣的畫面很像。在投標會的現場會有一個主持人，負責向每個結社的人員說明接下來要投標的任務的性質、難度、報酬。說明完畢後，大家就可以從底標金額開始喊價。

每個任務的底標金額都是從任務的報酬有多少來按比例計算的，如果這個任務的報酬不是現金，而是寶藏的幾成，或者上古魔法書的殘冊等等秘寶，則會由【組織】的鑑定專家來推算大約價值多少現金，再來推算底標金額。

最後，喊出最高價格的人就算是得標者，便可以去完成你得標的任務。至於你得標的金額，則是交給【組織】來保管，來維持【組織】的運作。所以通常這任務投標的過程都很迅速，畢竟沒有人會希望付出太多的成本又賺不到什麼報酬，只有在任務報酬是寶貝的情況下，才會出現像電影裡面那種瘋狂喊價的情況。

藤原綾雖然個性脾氣不好，但她做事情很有效率也很確實。昨天晚上才說要投標任務，馬上就把參加這次任務投標會的資格搞到手，便能出席今天的任務投標會。

我們兩人按照藤原綾手上的資料，來到一間大講堂裡面。可是才剛進來，我就覺得很有問題。雖然說我們是比較早到一點，但整間大講堂竟然空無一人！這要不是今天沒有投標會，就是藤原綾辦事效率高到她在昨天晚上便把其他競爭對手都幹掉了啊！

當然，藤原綾昨天晚上沒有殺生，今天也確實有投標會。不過，當我看見美惠子阿姨親自拿著一疊任務資料走進來，宣布今天只有我們結社參與這場任務投標會的當下，我就知道這又是一個上下交相賊的靠關係大會。

所以說啊！這社會上就是充滿許多不公不義的事情啊！

由於美惠子阿姨和藤原綾這對狼狽為奸的母女默契，所以我們結社很順利的就以接近底標的價格，標下了三個任務，結束這次的任務投標會。

結束之後，美惠子阿姨要我們去她的辦公室找她，便把整理好的任務資料帶走。

「……我突然覺得，看在阿姨這麼幫我們的分上，妳昨天竟然還不爽人家，實在很不應該啊！」我說。

藤原綾白了我一眼，說：「關你什麼事情啊？哼！還不快感謝本小姐，這次標下的任務可都是替你量身打造，保證簡單的任務呢！」

「哇喔，那真是謝主榮恩，感激不盡吶～」

我們兩人一邊抬槓，一邊一起走到美惠子阿姨的會長辦公室前。藤原綾也不敲門，直接開門就進去了。

一進去，我們看到的是一個小玄關。這邊還有一個似乎是她專屬秘書的人在幫忙處理文件，她一看到我們就很有禮貌的打招呼，並且讓我們進去後面的會長辦公室。

美惠子阿姨的辦公室非常的乾淨，房間四周都放著檔案櫃、書櫃，裡面的資料有條不紊的擺放整齊。靠窗的位置擺著她專屬的辦公桌。在這裡居高臨下，要是沒有懼高症的話，還可以鳥瞰臺中市景。至於採光、通風，更是完全沒有問題。

美惠子阿姨並沒有坐在辦公桌前，而是坐在旁邊會客區的沙發上。這裡除了有一組高級的進口小牛皮沙發外，還有一張大理石茶桌，上面已經擺好茶水和點心。旁邊還有一缸觀賞魚，看來是美惠子阿姨閒來無事的興趣。

「小綾，妳剛才得標的三個任務，結標金額總共是三萬六千八百八十七元，妳要先付還是從之後的報酬裡面扣除？」

藤原綾領著我走到那邊坐下後，美惠子阿姨面帶高雅微笑的將任務資料遞了過來，並問了結標金額該如何處理的問題。

「用扣的吧！」

藤原綾接過資料，蹺起二郎腿，同時空出左手伸到我面前，說：「茶。」

「喳！」我立刻將茶水恭敬的遞給藤原綾。

這一幕讓美惠子阿姨笑得挺開心的，她看著我說：「佐維啊……你們的感情似乎越來越不錯了喔！」

「噗！」

聽到美惠子阿姨這樣講，藤原綾立刻將剛送入口中的茶水噴了出來，然後把杯子放下，回頭給了我一拳後，才對她媽說：「哪、哪有！才、才不是妳說的那樣咧！」

不是啊！妳媽根本啥都沒說啊！妳揍我幹嘛啊！

「呵呵……幾個月前你們倆的互動可沒現在這麼好。」美惠子阿姨似乎是不在意有可能會害我被她女兒打死的繼續說：「感情好是好事，畢竟你們是搭檔呀！小綾，佐維的情況妳應該比我清楚很多，這次可別再讓他像上次那樣了。身為社長，很多責任要擔的。」

「知道啦～哼！這傢伙這次要是敢再給本小姐出什麼亂子，我肯定不會放過他的！」

藤原綾這樣講讓我覺得非常無可奈何，畢竟我也沒有主動要去找麻煩，是麻煩要來找我啊！

「呵呵，現在還會這樣講，那時候妳來找媽媽的時候……」

「啊啊啊啊啊！媽媽妳閉嘴啦啦啦啦！死陳佐維欠揍啊！」

「碰！」

又挨了一拳。

為避免我會因為過度又錯誤的發言——馬的，還不是我自己亂講話，是美惠子阿姨在補刀我啊——而導致生命的提早流逝，所以看到她們母女倆還打算要聊下去，開個如何在最短時間內用拳頭把陳佐維揍死的會議後，我就藉故說要上廁所先離開。

走出辦公室，問玄關那秘書廁所在哪裡後，我就慢慢的散步到廁所去。就在我開心的站在小便斗前解放的時候，我旁邊那個空位也走進來一個高大的男人。

「噢……你該不會就是那傳說中的繼承者陳佐維先生吧？」

「啊？」

我原本還在想說這廁所這麼空，幹嘛你非得擠到我旁邊來，莫非是想要偷看我的（嗶）嗎？結果沒想到對方還真沒認錯人，走過來就問我是不是陳佐維啊！

「呃……我是。」我轉頭看著那個男人。

男人很高，比我高一個頭，肯定破一百八十五公分。他穿著整齊合身的西裝，將身形襯得更加健壯挺拔，整體造型非常好看。一頭俐落的短髮跟那種日系花美男風格的五官，湊在一起，我猜這應該還算是一個帥哥。

喔對了，之所以要用「我猜」來講，是因為身為一個男生，審美觀只有用在女孩子身上的時候才會發揮作用。

這種別人認識我、我卻不認識別人的情況有些尷尬，為了表示禮儀，我也對他笑了笑，問：「請問你是……」

「噢！果然是陳佐維先生啊！」那男人笑著對我點點頭，但沒回答我，直接說：「久仰大名，我個人是非常期待你和軒轅劍未來的表現唷～」

「呃……謝謝啦！」我抓抓頭，尷尬的說著。

「加油啦！」那男人上完廁所，經過我身邊的時候還用力的拍了拍我的肩膀，接著才離開。

我則在原地一直抓頭，畢竟場面真的非常尷尬。我一直抓頭抓到想起自己還沒洗手，而且那個拍了我肩膀的王八蛋也沒洗手的時候，我才趕快去洗手離開，回辦公室。

結果這事情還沒結束。

我剛回到辦公室，藤原綾才剛問我怎麼去這麼久的時候，玄關那個秘書突然走了進來，跟美惠子阿姨說有人要求見。那秘書湊到美惠子阿姨耳邊說了個名字，沒想到美惠子阿姨就點點頭說要秘書讓外面的人進來。

沒錯，看到這邊大家也該猜到是誰要來了……就是剛才那個沒有洗手還擦在我身上的王八蛋啊！

「@##@……（日文）」

那王八蛋一進來就用他風度翩翩的笑容以及流利的日文向美惠子阿姨打招呼，但才說到一半，眼尖的他就瞄到坐在美惠子阿姨身邊的我，接著就開心的張開雙手，走向我，邊走邊說：「@#$%#@！（日文）」

喔，原、原來是來找藤原綾的。

相對這王八蛋的熱情，藤原綾所表現出來的倒是另外一種極端的情緒——厭惡。她先是低聲厭惡的說了一句「這傢伙怎麼會在這邊？」，接著才笑容滿面的站起來，用日文跟那傢伙打招呼。而那傢伙張開的雙手似乎是想要擁抱藤原綾，結果藤原綾卻巧妙的轉身閃開，讓那傢伙撲了個空。

「唉唷……@#$%＊#。（日文）」那傢伙雖然撲空，但依舊維持他的笑容，繼續對藤原綾說話。

不過藤原綾似乎很不想理他，也一直維持自己的假笑，同時一邊跟他說話，一邊拉著我的領子，把我從沙發上硬拉起來。

「媽媽～那就先這樣啦～我們要先回去做任務準備囉～妳跟太賢哥在這邊慢慢聊天吧！掰掰～」

聽到藤原綾說要走，美惠子阿姨一臉如夢初醒的樣子，也站起來問：「要走了？太賢難得來這裡，不跟他多聊聊嗎？」

「不啦～死陳佐維還太弱，我們先回去啦～掰掰～～」

說完，藤原綾就像是想到家裡廚房瓦斯沒關、很怕家裡失火一樣，拉著我快速離開辦公室。

而一頭霧水的我，連再見都來不及跟美惠子阿姨說，就被拉走了。

但在辦公室門關上的瞬間，我卻看到，那傢伙對我露出一個神秘的笑容。

NO.002

我要在你的腳上
寫個慘字～～

藤原綾的效率很高。她說要完成任務就跟上帝說要有光一樣，馬上就出發去執行任務。

離開【組織】辦公室之後，我們兩人只不過回家稍事休息一下子，藤原綾便將那些得標的任務資料攤開來，一份一份的參閱。她很快的選出打算先去完成的任務，下午就打電話約時間見面，晚上我們換好裝後便前往任務的委託主那裡，向他說明情況以及詢問更多的任務細節。

這次的任務委託主是一間營建公司的負責人。由於這間營建公司在臺中還有很多建案正在如火如荼的賣著，所以為了保護當事者的隱私，等等如果有機會提到名稱的話，我們都用「嘿欣建設公司」來稱之。

我們來到嘿欣建設公司的登記辦公室，向櫃檯總機小姐說明來意，出示相關文件。

這邊我得特別說明一下，雖然我們必須要提出文件，對方才可能會讓我們進入公司內部，但這份文件上面的內容絕對不是什麼捉鬼除靈降妖伏魔之類怪力亂神的東西，而是一份很簡單，看似條理分明其實狗屁不通的商業文件。

之後，總機小姐就請我們去會客室裡面坐著等候負責人到來，並且送上茶水點心讓我們享用。

嘿欣建設公司的負責人姓王。並沒有讓我們等太久，他很快就登場了。這是一個穿著西裝襯衫，有點肥胖的中年男子，長得很和藹可親，光看臉你就覺得他是個忠厚老實的生意人。

不過根據【組織】的資料表示，這間公司和這個負責人負責過的案子，很多都是黑心的豆腐渣工程，真是人不可貌相，知人知面不知心啊！難怪會叫做嘿欣建設公司。

「王先生您好，我是【神劍除靈事務所】的社長藤原綾，旁邊這位是我的助手。這次您向【組織】委託的事項將是由我們結社來負責，請多多指教。」

王先生聽了藤原綾的自我介紹後，先是愣了一下，接著才點點頭，坐了下來。

「……看來現在工作真的很不好找，大學生也要兼差當師公。」

其實我會來當魔法師跟景氣沒有關係，純粹就是因為我衰小碰上藤原綾。甚至我還是因為當了魔法師才感受到景氣寒冬的啊！

藤原綾笑了笑，糾正那王先生說：「是魔法師，不是師公。呵呵……王先生別看我們還年輕，事實上我們從小就開始進行嚴格的魔法訓練。不但我自己從十三歲便開始正式工作，是個降妖伏魔的魔法師，旁邊這位助手更是業界有名的神劍傳人。您可以百分之百的相信我們的專業。」

這番話聽得我是目瞪口呆啊！我根本不知道原來我們這麼專業啊！這不是我們結社的第二個任務而已嗎？而在這之前，藤原綾妳根本就連社長審核都還沒通過啊！妳說謊也說得太光明正大了吧！

「隨便啦！反正不管怎樣，我也是走投無路了才會找你們來解決。專不專業我不知道，能解決問題我就出錢，很簡單。」

「這個當然。」藤原綾依舊保持專業的微笑，看起來好像真的很厲害一樣。她接著詢問：「那，能請問到底發生了什麼事情嗎？」

王先生嘆了口氣，說：「唉，這說來話長……」

事情是這樣的。

在臺中市區近郊，以前叫臺中縣某鄉鎮、現在改叫大臺中某區的那邊，有一間豪宅。

這豪宅原本是一個地方望族在居住，但後來卻發生了滅門慘案，全家上下十三口加一條狗的性命都被人殘殺，死後還被灌入毒藥想要栽贓給唯一活下來的媳婦。雖然後來在法官的明察秋毫之下，這樁冤案得以伸冤昭雪，不致於讓壞人逍遙法外，但是從此之後，這豪宅就開始不對勁了。鬧到後來，甚至還成了地方上有名的鬼屋。

因此，那媳婦實在不堪其擾，便將豪宅出售。

這裡不但占地廣大、風水良好，附近就有商圈、交流道，而且還因為是凶宅的關係，賣得特別便宜。所以，黑心的嘿欣建設公司便立刻出錢將這裡買下，打算要拆除豪宅，重新建造大樓社區。

他們想的很簡單——

我管你裡面躲的是什麼妖魔鬼怪，現代科技這麼先進，把整間房子全拆了，看你還能裝什麼神弄什麼鬼！

結果事實證明，他們想的果然太簡單了。

不但是那些重型器具沒有辦法發動，就是發動了之後也馬上熄火等等故障的問題不斷發生。後來他們想說改用人工吧！結果工人們沒事就會被天外飛來的磚頭打到下巴，或者被看不到的人推下兩層樓高的大坑裡面。一直到終於不小心死了一個工人，他們才知道事情大條了。

嘿欣建設公司這時候才開壇跟這些惡鬼協商，可是協商失敗，對方就是不讓他們動土，死都不肯……也不對，已經死光了，反正就是怎樣都不肯離開。

於是嘿欣建設公司也怒了，到處去找道士、乩童、師公過來請神作法，就是要跟這些惡鬼硬碰硬。不然銀子都花了，工人都死了，他們最黑心了，還想跟他們黑吃黑？鬥都沒有啊！

結果鬥法鬥了半天，那些道士、乩童、師公沒有一個能打的，甚至還有人差點被惡鬼整死在工地現場。最後，嘿欣建設公司在走投無路的情況下，有人跟他們推薦了【組織】這個魔法師協會。

也因此，我們才會出現在這裡，聽王先生說明事情發生的經過。

「……總之，事情就是這樣了。你們有什麼問題嗎？」

「嗯，我有。」我點點頭，舉起右手發問：「請問，那豪宅原本的主人是不是姓戚？那媳婦兒是不是叫戚秦氏噗啊！」

我問題還沒問完，旁邊藤原綾就一拳把我打倒，然後用專業的笑容向那滿臉疑惑的王先生說：「對、對不起啊！我這助手偶爾會問些蠢問題，您別理他，就當沒聽到吧！」

「喔、喔……所以，你們沒有別的問題嗎？」

「有。」藤原綾點點頭，笑著問：「請問可以將工地現場的空拍圖，或者是施工計畫圖之類的地圖給我看看嗎？」

「嗯，可以。」

王先生點點頭，然後拿起室內分機，對著話筒吩咐了藤原綾要的東西。過沒一下子，外面就有人把東西送過來了。

藤原綾將地圖在桌上攤開，接著再從她的名牌包裡面拿出一枝筆，開始在地圖上面塗鴉。當她確定了第一個點之後，很快就判斷出剩下的四個方位，然後連成一個五芒星。

「完成！」藤原綾雙手一拍，把筆收起來後，將地圖摺好，也跟著收進包包裡面。她邊收邊說：「王先生，這張圖就給我吧！我比較方便辦事。」

「是可以……嘖嘖……藤、藤原小姐，剛才我還對妳的自我介紹感到懷疑，現在我收回我的懷疑。」王先生湊到藤原綾身邊，很好奇的問：「找了這麼多人，妳是第一個跟我要地圖，然後直接這樣作法的人啊！可不可以請問一下，妳剛才是在做什麼啊？」

「我只是在做筆記。」

「啊？」

藤原綾笑了笑，說：「那不是作法。我只是從地圖上來判斷現場的風水方位，等我去現場的時候，比較不用像無頭蒼蠅一樣的亂竄。」

雖然藤原綾說她不是在作法，但王先生似乎更吃驚了，追問道：「看、看地圖就能看風水？」

「呃……嗯。」藤原綾點點頭，說：「是呀！不過我其實不是風水師，我是陰陽師。

我看的風水跟王先生所認知的那種風水不同。我猜，王先生大概以為我可以靠這樣就幫您鑑定其他風水寶地了吧？這其實還是需要請專業人士到現場幫忙勘查，畢竟影響風水走勢的因子太多了。所以……」

「呵呵，我們現在就要去現場了，今天晚上就能幫您解決這個困擾您的問題，就不多打擾了。佐維～走吧！」

「喔！」

整場戲我大概就兩句對白還有被扁一拳，然後便離開嘿欣建設公司，下樓搭車，前往這次案發現場準備辦案。

其實藤原綾剛才在地圖上面畫的東西，是「五行元素定位點」。雖然也是根據風水流向來決定第一個點「金行元素」的方位，但的確跟我們中國人所說的風水方位有所差異。

大家如果沒有忘記，我家社長藤原綾所使用的魔法是陰陽道，也就是大家耳熟能詳，在日本漫畫卡通輕小說裡面很常見的那個「陰陽師」。

陰陽師的魔法戰鬥方式，基本上可以分作三種系統。

第一種，也是最廣為人知的「式神」。從陰陽師的先祖安倍晴明，一直到動畫《鬼神童子》裡面的役小明，沒有一個陰陽師不靠式神在戰鬥的。唯一的例外大概就是我家社長，竟然把式神拿來當司機使喚。

第二種，則是融合陰陽方位、五行變化而成的「奇門遁甲」。藉由不同的方位變化，讓她可以在近身作戰中藉以閃避對方攻勢、讓自己造成有效攻擊的體術。

最後一種，也是藤原綾最擅長的「靈符咒歌」。這在一般陰陽師體系下，其實這太過麻煩的靈符咒歌是比較少人使用的。縱使它擁有三大系統中最強大的破壞力，但因為要發揮出完全威力之前的前置作業最多，所以用的人自然最少。

由於藤原綾的作戰方式是以靈符咒歌為主——這點我有問過她為什麼，但她只是凶狠的要我別管太多——所以在跟妖魔鬼怪打架之前，她都必須要先把五行元素定位點找出來，方便自己在作戰的時候可以更有效的使用五行元素的力量。

所以，這次先跟王先生借了地圖，還真是幫了藤原綾很大的忙。起碼她可以要式神直接開車載她去各大定位點，把五行元素定位好。

喔對了，雖然我的五行劍法也是要靠五行元素來推動，但因為我資質平庸、魔力低落，所以我從來沒有因為藤原綾把五行元素定位好而獲利過……還是依然故我的爛。

⊕⊕⊕　　⊕⊕⊕

「……嘖。」

在我們抵達第一個元素——金行元素定位點的時候，藤原綾突然無故的嘖了一聲。

「怎麼了？地圖有錯嗎？」

我看了看四周，咱們這金行元素定位點是個小土丘，在這裡可以居高臨下的看著整個案發現場。

「不是。」藤原綾搖搖頭，指著下方說：「這裡的怨靈積怨太深，似乎變成更凶狠的東西了。」

「啊？」我吃驚的追問：「更凶狠的東西？什麼意思？」

「你確定要我說？」藤原綾斜眼瞪了我一眼。

雖然說她會這樣問就表示這應該又是魔法常識的一部分，平常要是我問了類似這樣的蠢問題她都會不爽，所以我通常都會自己回頭去翻書解決。但今天情況不同啊！要是我跟她說我現在回去翻書，她肯定也會跟我翻臉啊！

所以，為了避免在不久後的將來，我會因為搞不清楚狀況誤觸地雷而死，我決定硬著頭皮點點頭說：「嗯……我還沒唸到那邊。」

藤原綾給了我一個白眼，抱怨幾句後，才解釋給我聽。

扣掉風水格局不談，一間房子要是陽宅，那先決條件就是一定要有人入住。沒有人，就沒有人氣，就算只是單純的空房子，那氣場也會整個變差。

這間豪宅不管它本來是怎樣的風水寶地，格局是怎樣的畫龍點睛，靈脈是怎樣的充沛通暢，只要曾經死過人，都會成為房子規格中數一數二糟糕的凶宅格局。假如是含冤而死的，那就更慘，這種格局會完全逆轉所謂的好風水、好靈脈。那些死在這裡的前任屋主，不但不會被好風水、好靈脈趕走，反而更能藉由這些風水靈脈的影響，在這裡修煉成魔。

活人之間，哪邊有好康可以搶、哪裡有好東西可以吃，我們都會好康鬥相報，一個告訴一個的把這些訊息傳遞出去。妖魔鬼怪很多都是人變成的，這種習慣當然也會跟著遺傳過去。他們在這種環境下住得舒服、修煉得輕鬆寫意，當然也會招呼更多的妖魔鬼怪過來。

一大堆妖魔鬼怪住在一起，會引起什麼化學效應那可不一定，但十之八九會變成一種類似苗人煉蠱的大反應爐。最強大、最凶狠的那隻，會把其他低能的吃掉，其他中、低階的為了要自保，也會跟著合體雙修。最後階級制度建立起來，這裡面的妖魔鬼怪就會越來越難對付了。

聽完藤原綾的話，換我皺著眉頭問：「……不是吧？不是說好了要弄簡單一點的任務來完成？怎麼聽妳講的好像很困難一樣啊？」

「去！魔又如何？」藤原綾聳聳肩，很不屑的說：「就是成魔了，本小姐也照樣……」

「呼——轟——！」

藤原綾話才說到一半，就像是要跟她嗆聲一樣的，從底下那工地現場颳來一陣劇烈的強風！這風又強又大，跟強烈颱風會吹起的強風相比是有過之而無不及，把我和藤原綾都差點吹倒。

「……王八蛋！」藤原綾憤怒的從她的名牌包包裡面拿出一張五星靈符，大喝了一聲：「五行靈運咒・金剋木！」同時將靈符往金行元素定位點扔了下去。

就聽見那定位點爆出一聲劇烈的爆破聲響，狂風戛然而止。

「哼，本小姐最討厭有人打斷我說話了……管你是什麼東西，打斷我說話就是死罪！」

我傻愣愣的抱著軒轅劍，看著憤怒的藤原綾，又看看底下那棟神秘的豪宅，又看看憤怒的藤原綾。這讓我再度覺得，「惹熊惹虎，千萬不要惹母老虎」這句話，還真是充滿著老祖宗的智慧。

「我們走。」藤原綾哼了一聲，丟下這句話就回頭上車。

我趕緊跟著她屁股後面走，而在這時候，我才注意到剛才那陣狂風把她的裙子掀了起來，現在還勾在她背上的蝴蝶結上面，以致整件內褲都被我看光光。

馬的，我到底要不要跟她講啊？怎麼覺得好像講了會死掉，不講被她自己發現我也會死掉一樣難以抉擇啊！

當然，最後我還是有提醒她裙子的事情啦！不過，在她紅著臉瞪著我問我有沒有看到什麼不該看的當下，我還是說了善意的謊言表示我什麼都不敢亂看，我沒有看到她穿著淺綠色的內褲還露了一點屁股溝出來的畫面，以免我在進入豪宅前，就先被自己人殺死。

五個元素定位點按照金、水、木、火、土的相生順序定位完成後，我們就決定從工地的正門突入，正式展開這場跟妖魔鬼怪的決鬥。

這裡現場的地形大概是這樣的：

最外面有一圈工地圍牆，圍起來的範圍很廣大。這裡到豪宅外牆還有一段距離，主要都是一些東倒西歪的大型工事器具，以及維●比、檳榔、香菸等等來不及收好的垃圾。而看著那完整的豪宅圍牆，就可以知道這群妖怪鬧得有多凶，讓這怪手連牆都拆不掉。

圍牆裡面是個庭院，中式庭院，內含小橋流水涼亭。不過都荒廢這麼久了，除了聚陰的榕樹依舊茂密外，小橋也斷了、流水也止了、涼亭也塌了。

庭院裡面有三棟建築物不規則的矗立著。從嘿欣建商那邊拿來的建物圖可以得知，那三棟建築物分別為主豪宅、偏宅和倉庫。

根據藤原綾的說法，外圍工事現場並沒有妖氣存在。鬧鬼的區域大概是從庭院圍牆裡開始計算。而從她剛才在上面所做的現場勘查判斷，庭院裡面，包含三棟建築物，妖物多的不可計數。

但其中最厲害的妖氣，一共有十四股。這大概就是剛才所說的，會變強的那幾個，也是最早就住在這裡的豪宅主人吧！

「打蛇打七吋，擒賊先擒王。」

在往庭院外牆走去的時候，藤原綾邊走邊吩咐了待會的作戰計畫：「那十四股妖氣，豪宅有七股、倉庫有四股、偏宅有兩股。但最凶的那股似乎沒有固定，在整個庭院裡不斷的移動位置。總之，等等我們一進去，就先往偏宅走，收拾掉那裡的兩個妖魔後，直取豪宅。最後再往倉庫去。」

「嗯，那最凶的那個咧？」

「有碰到就先收掉。」藤原綾停下腳步，回頭看著我問：「欸，你行不行啊？」

我愣了一下，然後低頭看著我的軒轅劍。

自從上次的祖靈戰爭後，自從我單獨一人面對了一整個部落的戰士後，說真的，我膽子似乎大了不少。畢竟要在野外碰到副本王的機率不高，而我猜應該也很難再讓我碰上類似督瑪酋長那種等級的對手。

不過，我的修煉並沒有因此中斷。這些日子我還是不斷的苦練著，平常都依照藤原綾吩咐的魔力開發方式在練功，魔藥也乖乖照吃，沒課的時候更是自動自發的上天臺去修煉我的五行劍法。

雖然我的魔力還是因為不明原因而幾乎沒有成長，但我的五行劍法跟一個月前可不一樣了。起碼現在我不會自己揮舞到一半，因為自己砍到自己而中斷啦！

「可以吧！」我點點頭，說：「應該不會這麼容易死翹翹。」

藤原綾白了我一眼，說：「不行也得行！不然你要本小姐喝風啊？總之，等等進去的時候要小心點。」

「嗯。」

我點點頭，往前走了兩步之後，又開口把藤原綾喊住。因為我突然想到一件很重要的事情。

「幹嘛？」藤原綾回頭，有些不耐煩的問。

「呃……不是啦！雖、雖然說我們破產的危機是迫在眉睫，可也不是已經破產了吧？這任務也沒規定我們要晚上過來解決，幹嘛不等明天早上這些妖魔鬼怪的力量最弱的時候，再過來解決他們啊？先、先別急著罵我啊！我知道妳對於效率和速度是很講究的……只、只是似乎也沒必要這麼急著過來解決啊！」

藤原綾現在看著我的表情已經是極度不屑的狀態了。我猜她心裡面大概又在想我幹嘛要問這種該死的蠢問題。但她只是聳聳肩，回答說——

「因為我明天早上有課。」

「因為妳明天早上有課？」

看著藤原綾用一種理所當然的表情說出這麼光明正大的理由，我都不知道要怎麼反駁了啊！我們社長大人不但是個優秀的魔法師，她還是個好學生啊！

妳就因為明天早上有課，所以覺得犧牲妳親愛的副社長也沒關係嗎？

「那、那也可以等週末休假的時候啊……」

「本小姐不想拖那麼久啦！奇怪耶！你是要不要進去啊？」

「……殺光他們啊！我沒在怕他們的啦！」

你們不要以為我最後突然勇氣十足好像變很強壯一樣，其實我只是怕要是我說我想先回家睡覺，我會變成這裡的第十五個怨靈罷了。

「轟隆——」

就在這個時候，一聲發動引擎的聲音從旁邊傳來。然後就好像連鎖效應一樣，一個接一個的，連續好幾架引擎發動了。

我和藤原綾立即警戒的往四周看去，就看到那些原本荒棄的大型工事器具，在沒有人坐在上面的情況下自己發動起來。它們的大燈全部都對著我們照過來，但卻是陰森寒冷的綠光。再仔細一看，那些無人的駕駛座裡竟都有著一對一對慘綠色的鬼火，好像是一對一對的眼睛一樣。

「欸……不是說這裡沒有妖氣嗎？」我和藤原綾成背靠著背的姿勢，同時向後面的藤原綾說：「看起來似乎不是這麼一回事啊！」

「太弱小的低等惡靈吧！」藤原綾聳聳肩，說：「這種小角色，不需要本小姐出手，你快去把他們都解決掉。」

「嗯，是……等等，妳說什麼？」

「你去把他們都解決掉，快點。」藤原綾又重複一次，語氣非常的堅定。

可是，身為當事者的我，實在沒辦法跟藤原綾一樣有信心啊！雖然我曾經面對過很高級的妖怪像是部落的酋長之類的，可是說到底，我有面對跟我有沒有和他們單挑取勝過，是兩回事啊！膽子大歸大，我也不確定自己到底行不行啊！

我心中還在猶豫，藤原綾就用手肘頂了我的腰部一下。

「對自己有點信心！你的練習本小姐都有在看，快去想辦法證明自己啊！」

我不禁回頭看了一眼藤原綾。她緊盯著她那邊的推土機，手上也抓著一張五星靈符。這兩萬年說不出半句好話的女人，竟然會鼓勵我？這一瞬間我還真的精神百倍，好像勝券在握了啊！

於是我雙手緊握著軒轅劍的劍柄，大喝一聲，朝著我面前的怪手衝過去。然後衝沒兩步，當我看到怪手也對著我衝過來的時候，我就立刻又回頭。

「欸欸！人家開怪手要撞我，我怎麼可能撞得過人家啊！」

「……啊啊啊！算了算了！你這個廢物！我們快點衝進去啦！」

說完，藤原綾回頭拉住我的手，拖著我一起朝著豪宅的方向衝刺。

就在那些推土機、怪手、山貓等大型器具即將從背後追撞到我們的時候，我們搶先一步衝進庭院裡面。

結果神奇的事情就這麼發生了！

那些大型工事器具就在我們衝進庭院的那一刻，統統停止不動，就好像庭院與那些器具之間有一堵看不見的牆壁一樣。那些器具在門口繞了兩圈，沒有進來，像是遊樂園鬼屋裡面那些嚇人的道具一樣，嚇完人又自己回去定位。

但這肯定不是遊樂園鬼屋，那些工事器具底下也沒有軌道啊！這到底是怎麼回事？我疑惑的看著藤原綾，藤原綾則是更警戒的回頭看著我們身後的庭院內部。

「看來，裡面的妖怪比我們認為的還凶狠。」藤原綾嚴肅的說：「外面那些小惡靈不敢闖進來，怕被吃掉呢！」

順著藤原綾的目光，我也跟著看向庭院內部。

倒塌的涼亭、斷掉的小橋、已經成為平靜死水的小池塘，給來訪客人暫住的偏宅、豪宅主人專用的主宅，甚至是後面的倉庫……這一切，在皎潔月光的照射之下，顯得陰森莫名、鬼氣十足。

「……妳要保護我喔。」我說。

「……為什麼這種話是男生對女生說啊！」藤原綾很不屑的搥了我一拳，抱怨道。

「不是啊！」我很無奈的回應說：「難道妳覺得妳還需要我保護嗎？我們兩個人比起

來，當然是我比較需要妳保護吧！」

藤原綾又給了我一拳，然後不爽的大吼：「啊啊啊！本小姐到底為什麼會喜……呃啊！吼！你這個白痴！會啦會啦！你自己把皮給本小姐繃緊一點，趕快把事情處理處理，回家睡覺啦！」

「是～社長大人！」

根據藤原綾的推算，眼前這三棟建築物都有妖氣。因為最凶的那個，也就是這個副本任務的王沒有固定位置，所以我們決定從離我們最近的偏宅開始攻略，一路打到最後面的倉庫去。要是到時候最凶的那個還沒登場，就再想辦法逼他出來。

我們兩人並肩走到偏宅的門口。這是一間兩層樓高的平房，外觀還是那種老式磁磚貼牆。但因為年久失修，斑駁的牆面在夜色下看起來更顯陰森。

藤原綾雙手貼在門上，在推開之前，轉頭對我說：「門後面應該就有一隻。」

「呃……嗯。」我點點頭，將軒轅劍的劍柄握得更緊，心裡也做好準備，打算等等門一開，不管裡面有什麼妖魔鬼怪就是先劈過去再說。

「退後一點。」

藤原綾依舊維持著剛才那轉頭的姿勢說話，害我很怕她脖子會拐到。

「喔。」

我才剛後退一步，藤原綾就立刻出腳將門踹開，同時把手上的靈符往裡面扔了進去，接著瞬間把門帶上。門剛關上，裡面就發出「轟隆！」的爆破聲響，就好像電影裡面反恐特勤隊在突入之前，會先扔個手榴彈一樣啊！

爆炸結束後，藤原綾再度把門踹開。我看著門裡的環境，不管它本來是怎樣的擺設，被剛才那樣一炸，已經全部都東倒西歪、亂七八糟。而藤原綾所說的那隻躲在門後面的妖怪，也不見蹤影。

藤原綾大膽的走進屋裡，雙手拍一拍，再扠到腰上去，很不屑的「去」了一聲：「這麼簡單就消滅一隻，嘿欣建設之前找來的道士也太爛了吧！」

我覺得不是別人太爛，是妳太扯啊！把靈符當成手榴彈這樣用不但創意無限，而且熱情奔放啊！我說人類幹嘛要怕鬼啊？鬼才應該要怕妳吧！

於是，我也跟著走進屋裡。

這棟偏宅的一樓是個挑高的大廳，從這裡可以直接看到二樓的走廊欄杆。樓中樓的設計給人一種強烈的空間加大感，會讓人有房子放大的錯覺。

「那個房間。」藤原綾手指指向二樓走廊上的某個房間，說：「那邊也有一隻，應該不強，就交給你了。我去後面的大宅。」

「……真的不強吧？」我問。

「嗯，不然我乾脆借你一張符，你等等就學我這樣把符丟進去吧！」藤原綾說完，還真的塞給我一張符。

我接過那張符，半信半疑的看著藤原綾問：「這真的有效嗎？」

「我用有效，你用的話大概只能搞笑。」藤原綾露出招牌的小惡魔笑容，然後往我的肩膀上一拍，說：「快去啦！本小姐看上的……的副社長，一定可以輕鬆解決的啦！這次可沒有推土機了，加油啊～」

「……嗯，好啦！我會儘快處理掉那傢伙，然後去跟妳會合。」我點點頭，再度鼓起勇氣說著。

藤原綾又多拍了我肩膀一下，就轉身離開偏宅了。看著她離去的背影，我突然覺得，雖然那靈符我用可能只能搞笑，但多帶幾張也不是壞事啊！結果正當我想要跟出去找藤原綾討符的時候，那門竟然自己碰的一聲關上了。

嚇了我一大跳！

這裡沒有風吹入，藤原綾和我都離門有段距離，怎麼會好端端沒事的，門就被關上了？難道是……

心念及此，我立刻轉身回頭，看著樓上那藤原綾認證過的有妖怪的房間。

結果恐怖的事情發生了！

剛才藤原綾指著那房間的時候，房門是緊閉著的。但我現在看過去，竟然讓我看到一個人影閃進去，同時將門關上的畫面。

不知道為啥，沒看到東西的時候，我還比較怕一些。現在肯定是樓上那傢伙在裝神弄鬼，我不但沒那麼害怕了，反而還有些生氣。

「敢嚇我？本少爺好歹也是個軒轅劍傳人啊！」

我忿忿然的一邊走，一邊碎碎唸：「少爺就不信你會威得過【天地之間】還有【祖靈之界】的那些妖怪！」

走到樓梯間，踏上嘎呀作響的樓梯，我慢慢的上到二樓。穿過那條走廊，我來到了剛才的那個房間門口。

在開門之前，我先看了看右手上的軒轅劍，還有左手緊抓著的靈符。接著我用力的把門踹開，把靈符往裡面扔！然後在我要把門瞬間關上的時候，因為手滑，不小心把軒轅劍也跟著扔了進去……

「匡！」

其實門打開之後，映入眼簾的是一個臥房。裡面一張大床正對著門口。而我剛才丟進去的靈符和劍，正乖乖的躺在地上，動也不動一下，就甭提什麼大爆炸了。

「……還真的搞笑了咧……」

我抓抓頭，連自己都不小心笑了一下。可是正當我想要進去撿劍的時候，那張床的床底下突然有一個東西爬了出來！

那是一個只有上半身的……的「人」！

「**我好慘啊……**」那人一邊爬，一邊說著：「**……我要在你的腳上寫個慘字啊……**」

聽到這句對白，我竟然真的笑場了啊！這對白是故意的是吧？

但我的笑聲聽在對方耳裡，似乎是種挑釁。那傢伙加快了爬行的速度，嘴上那句「我好慘啊～寫個慘字～」的對白，更是跳針似的不斷重播。

看到妖怪竟然是這種咖小，整個恐怖感都不見了啊！

我立刻衝進房間，想要搶在妖怪之前撿起在地上的軒轅劍，順勢給對方一個痛快。結果在我衝進房間的那一瞬間，突然有個東西拐了我的腳一下，讓我狠狠的往前直撲，狼狽的撲倒在地。

我立刻抬頭想要爬起來，結果那個只有上半身的妖怪，竟然已經爬到我面前了。他張開血盆大口，噴出超臭的口臭，對著我的頭一口咬下。我反應很快的往旁邊一翻，閃過了致命的一擊，但那妖怪卻出手抓住了我的手，力氣之大，差點就把我的手腕捏碎！

而就在這個時候，我看到了剛才絆倒我的東西。

是他的下半身啊！他的下半身朝我衝過來了啊！他對著我的腹部狠狠的出腳了啊！啊啊啊啊啊啊啊！

「碰！」

「喔嗚！」

這一腳超狠超用力！踢得我差點連晚餐都嘔出來。要不是因為我們結社快破產了沒錢讓我吃飯，我真的會吐啊！

我立刻先一腳掃開那個下半身，然後右手用力的抽了回來，左手順勢給那妖怪的臉一拳。掙脫了這妖怪的箝制之後，我再度翻滾到軒轅劍的旁邊，站起來的同時，順勢把軒轅劍拿起來，擺出五行劍法的起手勢。

那上下半身分開的妖怪開始在這房間內用違反物理原則的方式飄著，並且不斷的找機會朝我攻擊過來。

說實在的，在五行劍法的步法變化下，配合我本人的靈敏反應，這妖怪的攻擊對我其實沒有效果。但是因為他打我一下就馬上飄走，我也根本打不到對方，所以打了半天下來，我還是處於下風。

因為我的體力是有限的。

於是我下了決心，要在下一回合就解決這個王八蛋！

看準他這次朝我攻過來的角度和速度，我也腳步站穩，對著他揮出一記五行劍法・金行劈擊！這充滿信心與決心的一劈，雖然還是沒有吸收金行元素造成魔法的效果，但也是成功的讓我把那妖怪的攻勢劈退。

一擊得手讓我信心大增。可是就在我要追擊過去的時候，一股強大的壓迫感突然傳了過來。

那股壓迫感從門外而來。

我甚至可以感覺得到，那壓迫感的主人並沒有踏進這偏宅，卻是在偏宅外面，而且他還只是經過。但光是這樣，就足夠讓我停下所有的動作。

像是我深怕自己動一下，就會洩漏自己的行蹤，然後引來外面那傢伙的殺機。而且不只是我不動，就連剛才被我擊退的上下半身妖怪，現在也不知道跑哪裡去了。

看來，外面那個傢伙就是藤原綾之前所說的第十四股妖氣，也就是這裡最強、最凶的頭目。

「碰。」

我聽到樓下那偏宅的大門打開的聲音。

那隻魔王給我的壓迫感越發強烈。我可以聽見他走路的聲音，他慢慢的走到樓梯間，踏上嘎呀作響的樓梯。

我眼睛緊盯著門口，雙手緊握著軒轅劍，五行劍法的起手勢也做得非常精準。只要等下那隻魔王一登場，我隨時都可以劈他一劍。

「啪搭。」

他走過來了。隨著他的腳步越來越接近，最後我終於看見了這股壓迫感的主人是何方神聖……

「他」竟然是一條狗！

竟然是那條狗啊！豪宅主人一家上下十三口人加一條狗的那一條狗啊！為什麼啊？沒天理啊！身為一條狗竟然是這裡最強大的妖怪，有沒有搞錯啊！

變成妖怪的狗，體型也變大很多，整體造型很像是《惡靈古堡》裡面的殭屍犬放大版。牠站在門口跟我四目相望，喉嚨也不斷發出「吼嚕嚕嚕嚕……」的低吼聲。

我深呼吸一口氣，決定要搶先動手！

我用力的往前踏出一步，右腳狠狠的踏在地板上發出沉重的聲響，同時雙手緊握著軒轅劍奮力一揮！揮出一記扣除沒有魔力、沒有吸納火行元素以外，姿勢、力道都毫無破綻的五行劍法．火行炮擊！

但那條狗卻不見了！

不，牠不是不見，而是在我要劈中牠的那一瞬間，牠往旁邊跳閃而過。還不只跳一次，牠甫落地，馬上又彈跳第二次。就這麼在一瞬間跟我位置互換，變成我在門口、牠進入房內的狀態。

然後牠就說話了。

「換我了。」

語畢，牠四腳同時出力，像個飛彈一樣朝我飛撞過來。同時張開牠的嘴巴，像是要在撞到我的同時，把我的脖子咬斷一樣。

我立刻轉身想要以「土行橫擊」擋住這波攻勢。無奈牠的速度實在太快，我蓄力不足，根本構不了架式。雖然是勉強的將劍橫在胸前擋下這一擊，可我還是擋不住牠的攻勢，被牠狠狠的一撞，連人帶劍的被撞飛出去！

我一路飛，還撞斷了門外的欄杆，直接從大廳挑高的部分摔了下去。我都已經閉上眼睛、咬緊牙關，做好「糾賽了！這樣肯定會摔得不輕啊！」的心理準備了，結果我不但沒有摔在地上，反而摔進了一個溫暖的懷抱裡。

「嗚……說好要保護人家的，現在才趕來，妳實……」

「閉嘴。」

藤原綾瞪了我一眼，把我放下來之後說：「哼，本小姐還以為你在摸魚呢！摸到鯊魚了吧！」

「摸妳個頭啊！我都快被打死了啊！呃……社長是對的……」

由於我感受到藤原綾那衝著我來的殺氣以及可以殺人的眼神，為避免我在待會的戰鬥中被自己人背刺而死，我還是乖乖的臣服在藤原綾的淫威之下。

「吼嗚嚕嚕嚕！」

就在這個時候，那條殭屍犬終於跳了下來。牠落地的時候還震得塵土飛揚，氣勢十足，標準的大魔王登場方式。

「哼哼……這種妖氣，真不愧是這邊最凶狠的妖魔啊！」藤原綾掏出靈符，露出招牌小惡魔笑容，說：「不過也僅止於這種程度，看來本小姐很快又可以買新衣服啦！死陳佐維，上吧！」

「好！」

說完，藤原綾把靈符往四周撒去，畫出一個小五芒星陣。與此同時，我也快速的找到了五行元素中的金行元素突入，對著那大魔王就劈出一記金行劈擊。

然而，剛才我就劈不到了，沒道理藤原綾出場罵我兩句現在就劈得到啊！

果然，那隻大魔王再度三跳兩跳的，閃開了我的金行劈擊後，繞到有利的位置準備要給我致命的一擊。

不過，這次我可不是一個人在戰鬥！

「五行令咒・金剋木！」

語畢瞬間，藤原綾的靈符同時轟到那大魔王的身上！

金行法術在視覺效果上有點類似雷擊電光的感覺，因此似乎也有一點麻痺的效果。我趁著大魔王這短暫的麻痺瞬間，腳步變化，撲上去打出一記由金行劈擊演變而來的「水行鑽擊」，接著水生木、木生火，打出三連段，最後的「火行炮擊」更是成功的一炮將那大魔王炮飛！

這一連成功的三連擊得手，甚至最後還轟飛了大魔王，我自己都不敢相信啊！停下腳步，回頭看著藤原綾說：「哇賽，我現在這麼強喔？」

「死陳佐維！不要分心，後面啊！」

「啊？」

藤原綾的提醒來得很快，我反應也很快的立即回頭，但是那大魔王的速度更快！我才剛回頭，就看到一個黑影如同炮彈一樣的飛來，下一秒我就感到肚子一痛，然後我又飛起來了！

這一次藤原綾雖然接住我了，但這次的衝擊力實在太大！所以我們兩人抱在一起在地上滾了好幾圈。

將我撞飛之後，大魔王一看有機可趁，馬上轉身就跑！三跳兩跳的從破窗跳了出去。

藤原綾一看她的錢跑了，立刻放下我，掏出靈符就衝過去要追。但我剛被她放下的那瞬間，我感到肚子一陣劇烈的疼痛，痛得我只能抱著肚子在地上發抖，看著鮮血不斷的從肚子上一個大洞裡面流出來。

正要去追趕錢的藤原綾聽到我的哀號，回頭才發現事情大條了，趕緊跑回來抱著我，把靈符貼到我身上要止血。

「陳、陳佐維！眼睛不准閉起來！清醒點啊！」

我很無力的搖搖頭，然後慢慢的閉上眼睛。耳裡最後聽到的是藤原綾的哭聲，她哭著大喊：「嗚嗚，你不准死啊……大笨蛋……快醒過來啊……」

…………

喔對了，我沒死。不過等我清醒過來，聽說已經是兩天之後的事情了。

NO.003

哦啊啊啊啊～
哦啊啊啊啊～

「黨當黨當～黨當當黨～當黨當黨～黨當當黨～」

下課的鐘聲響起，老師準時下課。教室裡的學生或是收拾書包要回去休息，或是三兩成群的準備去餐廳用餐。

「你不覺得你最近的意外發生率變高了嗎？」

我一邊收拾書包，偉銘和宅月就湊到我身邊。偉銘煞有其事的說：「欸你真的要注意身體健康耶！自從暑假你出車禍碰上你馬子後，我怎麼覺得你他媽的意外特別多啊？你看，上次去南投玩會摔到山谷裡，這次跟你馬子去郊外踏青也會被狗咬，你是不是今年犯太歲啊？」

「呃……那你有犯太歲嗎？」我反問。

「沒啊！」

「靠！你跟我不是同年嗎？你都沒犯太歲了你問我？」

偉銘笑了笑，說：「靠腰！我只是比喻咩！別這麼笨好不好？欸拜託，你不要交了個女朋友就以為自己是超人啊！」

「啊？」我不明就裡的問：「啥意思啊？」

「會摔到山谷去八成是你想搞笑充英雄，會被狗咬也八成是你想英雄救美，你再這樣下去，下次你說去海邊會被海怪捲走我也信了啊！」

我很無奈的苦笑，搖搖頭說了句「你想太多了！」後，把書包收拾好，起身說：「我想去紅林吃一吃就好了，你們咧？」

「網咖。」宅月從剛才就一直在看他的手機，一直到現在才說話：「我跟偉銘要去網咖玩一下，等等下午還要上課。高微，超機掰的。」

「……馬的，你們在我面前談高微，這樣才機掰吧！」

對啦！我就是微積分又沒過了啦！超級無敵三修人啦！可是這不能怪我啊！大一沒過是我不好我承認，可是暑假沒過是因為我不是在拿神劍就是在學魔法，哪有時間可以唸書啊！而且就像是要嗆我一樣，我暑修的成績單竟然不是零分，而是恥辱性的三分啊！三分你打給我幹嘛啊！折現算了啊！

搞到連偉銘和宅月這兩個沒義氣的都高分過關，現在竟然可以在高等微積分的領域嘲笑我這個只能和學弟妹一起修低等微積分的低能兒啊！

我也算是比較能體會蜘蛛人的感受了。雖然新版的蜘蛛人又帥氣又聰明還有個正妹女朋友，但我個人還是比較喜歡舊版的蜘蛛人。要一邊行俠仗義還要一邊兼顧課業，這真的很難啊！

告別了偉銘和宅月這兩個死沒良心的之後，我就一個人往學校餐廳走去。隨便在自助餐的地方夾了點青菜、弄碗白飯，找了個角落的位置坐下來慢慢享用。

吃到一半，突然有人端著餐盤走到我對面的位置坐下。我抬頭一看，才發現原來藤原綾也來了。

「……妳也吃太好了吧。」看著藤原綾的餐盤，再對照自己的菜色，我突然覺得我自己一個人這麼共體時艱很蠢啊！

「你管我，你捨得我餓嘛？」

「……是，社長大人吃飽一點是應該的！」……要不然妳的胸部實在悲劇，多吃點看能不能二次發育吧！

藤原綾笑了笑，然後自己夾了點肉放進我的餐盤，說：「喏，分你吃！」

「嗯……」我點點頭，說：「是該分點給我補補身體，很少有人沒事肚子就會被開洞，開了好幾次還能看似健康的坐在這裡吃飯的啊！」

一提到這件事情，藤原綾的笑臉馬上僵住，換成臭臉說：「你是在怪本小姐嗎？」

「當然不是啦……我只是開……」

「還敢說咧！要不是因為有人在戰鬥的時候得意忘形，會發生這種事情嗎？你真的以為自己很厲害啊？連確認對方生死的動作都沒執行，甚至只是成功的把對方打退而已，就敢站在原地發呆？是怎樣啊？嫌自己命長也不是這樣玩的啊！要不是本小姐在那裡，你早就死啦！」

藤原綾一發飆就沒完沒了，雖然我多少也知道這次肚子會爆炸真的是我自己自爆，但我現在也非常後悔幹嘛哪壺不開提哪壺，自己挖洞給自己跳啊！

好不容易藤原綾終於唸完，她還是多夾兩塊三層肉放在我的餐盤裡，說：「哼……快吃啦！本小姐在減肥，便宜你啦！」

其實如果妳要減肥，就不應該夾這麼多菜啊！而且妳看看妳的胸部啊！妳再減下去罩杯會不會變成負的啊啊啊啊啊！

藤原綾吃了口飯後說：「你今天晚上應該沒有課吧？」

「嗯，沒課，怎樣？要去把剩下的幾個任務趕快過一過嗎？」

藤原綾搖搖頭，白了我一眼說：「過你個頭！也不想想你的身體狀況是怎樣……哼！我是想說啦，等我下午上完課，我們就先回去回報任務完成，領取報酬吧！」

我咬著筷子，點點頭，但卻皺眉問說：「任務完成？呃，妳不是說妖魔跑了？」

「是啊！不過當初我們的任務就是去幫忙解決那裡的問題不是嗎？雖然說主要的妖魔跑了，但是我後來有回去現場把剩下的小妖怪收掉，再稍微調整一下五行運行，問題應該是全部解決啦！所以……嗯！我們應該可以回去回報任務完成了。」

我點點頭，沒表示意見。

因此藤原綾繼續說：「明、明天禮拜六嘛！人家想要去逛街~我們先去領錢，再一起去逛街呀！好不好？」

我還是只有點點頭，並沒有回話。

其實，這兩個月我們兩人幾乎是形影不離，整天都在一起行動，大概是因為話題都聊完了，所以我也不知道要講啥。於是我把剩下的飯菜清乾淨後，揹著包包站起來，「好啦好啦，妳說啥就是啥……我要先回去了……還有啦！下午我會記得練功啦！只是我會先睡個午覺，行吧？」

見我聊沒兩句就要離開，藤原綾臉上似乎有一點失望的情緒，但她很快就換上平常那隨時都在不爽的表情說：「哼！想當年我還在學魔法的時候，我可沒你這麼輕鬆！你就是太愛浪費時間了，才會沒辦法確實掌握自己的成長！」

啊！大概就是因為妳在發育期那時都沒好好睡覺，所以妳的胸部才會是悲劇一場吧！

奇怪，幹嘛今天我專挑人家貧乳的事情出來講啊？

「我真的會練功的啦！」我笑了笑，從藤原綾身邊走過的時候，還說：「晚上再一起吃飯吧！我先回家了，掰～」

「本、本來就要一起吃啊！掰掰啦！哼！」

⊕⊕⊕　⊕⊕⊕

下午，我一回家就直接上床睡覺。藤原綾曾經有教我睡覺的方法，說是可以在睡覺的時候也訓練自己的魔力。雖然我還沒有那種睡一覺起來後發現自己的HP和MP都提升了的感覺，但用這種方法睡覺，一天只睡四小時，也會精神百倍。

當然我還是比較偏好一天可以睡到八小時的啦～

總之，當我午覺睡醒之後，看看時間，距離藤原綾下課回家還有半小時左右。所以我就打開電腦上上臉書、《魔獸》，練練我的熊貓人武僧來探索潘達利亞的密境，打發等待藤原綾的時間。

喔對了，因為我自己有課業上的困擾，所以我曾經問過藤原綾到底是怎麼兼顧魔法和課業這個問題。她當時的回答是因為她天生神力，做啥都很厲害，所以不是問題。

不過就我自己旁敲側擊推理出來的結果，其實是因為這傢伙唸的竟然就是日文系！

我靠！日本人跑來臺灣唸日文系，妳還跟我說妳天生神力？還真是天生神力啊妳！

當然，隔行如隔山，我雖然是臺灣人，但我去唸中文系應該也不見得會比較強啦！所以不代表日本人來唸日文系就會比較好唸。不過我猜她的起步點應該比其他同學好很多，難怪不用擔心課業問題。

藤原綾回家後，換件衣服，我們就一起搭車去【組織】的臺中分部。畢竟我們兩人現在還算是破產狀態，所以先去領錢，晚上再一起去吃頓好的，睡覺也會比較香甜。

來到分部，我們直取美惠子阿姨的會長辦公室而去。跟上次一樣，沒有敲門便直接走了進去。然而，美惠子阿姨並沒有坐在辦公桌前辦公，而是跟那個吃飽太閒的太賢坐在會客區喝茶聊天！

那個太賢一看到有人闖進來，原本是很不悅的轉頭開罵。結果一看到闖進來的人是藤原綾，馬上站起來用笑容歡迎我們。

當然，他用的是日文。

藤原綾一看到那個太賢就嘖了一聲，眉頭還稍微皺了一下。不過，為了要維持她的氣質和風度，她很快便用職業性笑容和日文向太賢問好，接著拉著我走到美惠子阿姨的身邊，說：「媽！我要來回報任務，很正式啦！妳要跟太賢哥聊天晚一點再聊，叫他先去外面等啦！」

美惠子阿姨笑了笑，看看太賢又看看藤原綾，說：「沒關係，太賢也不是外人。再說了，人家也剛接任他們結社社長的位置，讓他在這邊向妳學習一下也好啊！」

藤原綾臉上的表情非常僵硬，像是挺不爽她老娘的感覺。

倒是那個太賢也跟著搭腔說：「小綾，就讓我留在這邊跟妳學習一下，對我也會有幫助啊！」

藤原綾立刻回頭對太賢露出美麗的微笑，說：「那太賢哥請你安靜的聽就好，等等別打斷人家唷～」

「嗯。」太賢點點頭，然後又把他的眼神瞟到我這邊，看著我又點頭微笑。

這舉動讓我又想到上次來這邊的時候，他最後對我做出的那個既詭異又神秘的笑容，讓我不禁打了一個寒顫。

自從上次在【祖靈之界】，那位黑熊BL戰神對我好感度激高之後，我就有了一點陰影啊！現在這太賢沒事就先在廁所埋伏、偷看我的（嗶）之後又對著我笑，我實在笑不出來啊！

藤原綾把我拉到另外一邊坐下，然後她自己便開始向美惠子阿姨進行任務的簡報。簡報方式除了用口頭說明之外，她還帶了一份書面資料交給美惠子阿姨看。那份書面資料很厚，Ａ４紙用了好幾張。裡面的內容我並沒有看過，但依她的個性來判斷，內容應該非常詳盡、鉅細靡遺。

這兩天她的課都幾乎滿堂，晚上不是照顧我的傷口就是跑回事件現場清理環境，還真不知道她哪來的時間做出這麼精緻的報告！

「……所以，事情就是這樣。報告完畢。」

說完這一大串連我都想站起來鼓掌叫好的完美報告後，藤原綾才心滿意足的在我身邊坐下。看得出來，這社長生涯的第一次任務進度報告，她給自己的表現打了很高的分數，瞧她現在很舒服的躺在椅背上、露出滿意的笑容就知道了。

美惠子阿姨聽完之後，在看報告的時候，眉頭皺了起來。就在這個時候，旁邊那個太賢竟然向美惠子阿姨要求，希望可以把報告借他看看。

而且美惠子阿姨還真的借他看了！

這舉動讓藤原綾非常的不爽，她凶狠的瞪著那吃飽太閒，要不是因為那個太賢很專心在看報告，他八成會被藤原綾當場瞪死。

然而，藤原綾已經很不爽了，太賢馬上就做出讓她更不爽的舉動。

「小綾……這個任務嚴格說起來，你們並沒有完成吧？」

美惠子阿姨都沒有發表意見了，這吃飽太閒的竟然說話了！他翻開報告，指著其中一段對藤原綾說：「小綾，這邊有說……這隻地獄魔犬似乎是已經跑掉了，對吧？所以，我覺得這應該不算完成喔！」

藤原綾對太賢非常不爽，此刻終於爆發，她顧不得氣質形象，對著那太賢大吼：「關你屁事啊！」接著又向她媽抱怨：「媽媽！妳幹嘛把人家的報告給那傢伙看啦！奇怪欸妳！」

被無故指責的美惠子阿姨面露苦笑，說：「也不是啦……太賢才剛接任社長，很多事情都不是很清楚。所以媽媽才想說，把報告借給他參考參考而已嘛……而且，太賢講的沒錯，剛才媽媽也是這樣想的。這次的任務你們並不算完成。」

「吼唷！到底哪裡沒有完成啊？不過就是跑了一隻妖魔而已啊！任務上面明明就是說要我們淨化那個區域，我也做到了啊！是哪邊沒有完成啊？」藤原綾超不服氣的說著。

大概是最難聽的話已經說破了，原本還有些猶豫要不要指出錯誤的美惠子阿姨現在的表情非常認真，她搖搖頭，說：「小綾，話不是這麼說啊！今天妳把那妖魔趕走了，妳能擔保牠改天不會再捲土重來？或者，假如這隻妖魔跑到別邊去興風作浪、危害鄉里呢？」

「可是任務……」

「任務歸任務！身為一個魔法師，需要用更高的標準來檢視自己！」

美惠子阿姨嚴肅的說：「安倍先生在教導妳的時候，一定也有用很高的標準在要求妳。媽媽相信妳自己應該也很清楚，這次的任務並不算完成。不然妳說說看，假如今天妳來回報，媽媽也宣布這個任務成功，妳跟那個委託主拿了錢，結果之後那隻妖魔又回來打擾委託主的生活，甚至是跑去別的地方傷害其他地區的無辜民眾，這些責任是妳要負責，還是媽媽要擔當？」

面對嚴肅的美惠子阿姨，藤原綾很難得的沒有反駁。

身為一個魔法師，雖然有些地方很隨性，但其實大部分範圍都是有嚴格規範在限制的。畢竟魔法這種東西是個雙面刃，一旦不好好使用，造成的傷害和損失真的難以估計。

這點不只是我所補充的各種魔學常識不斷提到，甚至藤原綾自己也很常這樣說——不過，雖然我覺得她已經很愛用標準來拗我了，但卻老是講她對我的標準放很鬆、對我算很好了，才怪咧！

所以今天這個結果有瑕疵的任務到底算不算完成，是非常有爭議的。

我猜藤原綾應該也知道可能會有這樣的結果，但大概是因為即將破產的困境，以及美惠子阿姨很寵溺小孩，所以才會想要跑來闖關看看。然而，美惠子阿姨有她要顧慮的點，加上今天又有外人在現場，因此她自然是不可能放水讓藤原綾過關的。

美惠子阿姨嘆了口氣，搖搖頭說：「唉，不過妳也沒說錯，這次的任務妳算是完成了八成。只是礙於規定，媽媽不能把報酬全部都給妳。」

結果出來了，聽到這樣的宣判，藤原綾更加不爽了，對著那吃飽太閒說：「吼！都是你害的啦！你這王八蛋幹嘛跑來亂說話啦！」

「話也不能這樣說……」

相較於歇斯底里的藤原綾，太賢反而有風度許多。不過也不能這樣講，因為誰來跟抓狂的藤原綾相比，都會比較有風度。

吃飽太閒說：「其實【組織】的規定本來就是如此……我也只是怕阿姨為難，才會幫阿姨點出來而已。小綾，有關你們結社的事情其實我也已經聽說了……不然，妳也別太生氣了，就由我們結社來代替【組織】，給妳跟這次任務相同報酬的金額如何？」

「誰稀罕啊！死陳佐維，我們走！哼！」

說完，藤原綾就把我從沙發上拉起來，準備要離開。

但就在這個時候，美惠子阿姨卻叫住我們。我本來以為是阿姨看場面太難看決定要來滅火，沒想到她只是一臉為難的看著我們，最後才下定決心的說：「小綾……你們這個任務的投標金額還沒支付……」

「啊啊啊！煩耶！」藤原綾氣炸了，指著美惠子阿姨旁邊的太賢說：「叫那傢伙出啦！他不是很愛出錢嗎？死陳佐維，走啦！」

「喔喔……」

我整場戲也沒說到什麼對白，只是在旁邊看藤原綾她跟她老母等人聊天聊到暴走，就被藤原綾拖出去了。然而就在這個時候，我又無意間發現，那太賢的目光竟然是放在我身上的。而他一跟我四目交對，便又露出笑容，對我點點頭。

真的，這讓我不寒而慄啊！

是個正妹……不對，是個妹這樣沒事看著我笑也罷了，幹嘛沒事老都是男的這樣對我笑啊！

離開【組織】辦公室的藤原綾氣到頭都快炸開了！

雖然說這樣的結果不是沒可能，但我猜她大概覺得用盧的方式應該可以拗到她媽放水。結果不但一毛錢都沒領到——其實美惠子阿姨已經有放水想要給錢了，可是藤原綾不爽所以沒拿——還被唸了一頓。

因此，她真的超級有夠不爽！加上結社的破產危機實在太嚴重，所以在這雙重壓力之下，她決定立刻去跟剩下兩個任務的委託主接觸，打算利用週休二日的時間來個加班演出，提早解決任務，賺錢養家活口。

結果，事情非常的不順利。

接下來的兩個任務，第一個是海邊有個以前幫派的巢穴，那裡的黑幫分子在某次官兵勦匪的時候，被消滅殆盡，一個不剩。從此，那裡就有了十五個為非作歹的怨靈，人稱「磊扎跟他十四個兄弟」事件。

雖然這團體好像出自於某部很愛拖稿的漫畫，聽起來不但不凶悍，反而還有點親切。不過，那十五個妖怪每個都哭他媽強悍的！我和藤原綾好不容易消滅了前面六個，我就因為被三個妖怪包圍，打到受傷而退出戰場。而藤原綾為了要保護我，只能眼睜睜看著那些妖怪趁機逃走。

第二個任務是什麼我忘記了，反正結果也跟上一個差不多，都是因為那些妖怪發現了我和藤原綾的組合是個男俊女俏的偶像團體……不是，我是說男弱女強、陰盛陽衰的魔法師團體，因此大家都專挑我們團體的弱點在打，也就是打我。藤原綾一個人根本沒辦法又保護我又打怪，結果這次雖然我是沒有受傷，但那些妖怪也是跑得一乾二淨。我們甚至連一個妖怪都沒殺死。

因此，我們的任務當然也連三拉三的全部放槍，統統失敗。

任務失敗，當然就不用說什麼賺錢、投資報酬率了……要不是因為那個吃飽太閒的太賢被藤原綾逼著出我們的得標費用，我們可以說是血本無歸。

然而，就算我們沒有花半毛的得標手續費用，但不管是靈符的消耗、事後的醫療和魔藥的採買，都算是任務的成本。所以嚴格說起來，我們不但沒賺到錢，反而還小虧一筆，讓本來就很難看的結社財務更是雪上加霜。

連續三個任務都失敗了，讓本來就心情不好的藤原綾更加不爽。而她也把這股憤怒，對著失敗主因的我發了出來。

在最後一次要去回報那拿不到報酬的失敗任務的路上，藤原綾就指著我開罵道：「死陳佐維！你每次練功都在偷懶對不對？」

我趕緊搖頭否認，說：「不是啦！我哪有啊！」

「那你說啊！你有認真在練功你還會這麼爛嗎？每次都是你在扯我後腿！要不是因為你一點建樹都沒有，還害我要分心去照顧你，我們的任務會失敗嗎？你一定趁我沒在家監督你的時候偷懶啦！把時間浪費在打電腦上面對不對啊？王八蛋！」

「我就……」

就在這一瞬間，我彷彿聽到一條名為理智的線斷掉的聲音。

這些日子以來，出生入死的人是我，站在最前線擋怪的人是我，雖然我學藝不精、魔力低微，但我哪次不是很認命的站在妳前面賣命？甚至就因為妳急著想要解決任務，我根本就帶傷上陣耶！結果妳竟然把我罵到狗血淋頭，我真的受不了了啊！

於是我很難得的大聲對她吼回去。

「妳說完了沒有啊！妳以為我很爛我願意啊？我練功的時候真的很認真啊！而且妳知道嗎？妳看看我的肚子跟腳啊！妳不知道我受傷是不是？要不是因為妳急著想要解決任務，我現在應該還在休息吧？那我還不是他媽的擋在妳前面？我有抱怨過嗎？妳現在是大聲什麼啦！」

藤原綾像是沒想到我會這麼大聲的吼她，表情上顯得有些不知所措。但她很快就恢復成原本的藤原綾，重整旗鼓後大聲的吼回來：「你竟然敢這麼大聲跟本小姐說話？再說一次試試看啊你！」

「再說就再說啊！人的忍耐是有限度的啦！每天都被這樣罵，幹！誰受得了啊！」

藤原綾被我氣到說不出話，手指指著我，身體不停的顫抖著。接著她很用力的甩了一下手，就把頭轉回去另一邊，看著車窗外呼嘯而過的風景，無聲的哭著。

藤原綾一哭，我的氣就有些消了。冷靜下來想想，說到底，要不是因為我自己真的太虛弱，任務搞不好也不會失敗，所以她會對我不爽也是有原因的。可是我也不是沒感情的啊！每天都被她這樣罵，會受不了不能怪我啊！

總之，車子裡的氣氛因此非常的僵硬，低氣壓籠罩著整輛大黑車，我猜那式神很快就要撐傘開車了。

回到熟悉的【組織】臺中分部，回到那間美惠子阿姨的辦公室，藤原綾就開始做她的簡報了。大概是因為知道拿不到錢，所以她簡報也越來越隨便。到了今天這次，她連書面報告都只剩下兩頁而已了。

報告完畢之後，她還跑去盧美惠子阿姨，要她再出手幫忙我們一下，看有沒有其他好康的任務可以偷偷交易給我們。

可就在這個時候，旁邊那個好像每天都會來找美惠子阿姨泡茶的太賢卻說話了。

「小綾……我這邊有個建議，不知道妳要不要聽聽看？」

「沒興趣。」藤原綾理都不理那太賢。對比第一次見面的時候，她不太喜歡對方但還會強顏歡笑的情況，可見現在她心情有多差。

藤原綾還想要盧美惠子阿姨，但美惠子阿姨卻說：「小綾，太賢他這次想跟妳說的建議昨天就有先跟我討論過了，我覺得這樣可行，妳要不要先聽聽看？」

藤原綾愣了一下，看看美惠子阿姨，又看看旁邊笑容可掬的太賢，知道不先聽看看人家的意見是沒辦法進行下一步了，就嘆了口氣，看著太賢說：「……就聽聽看，你說快點，本小姐心情不好。」

「嗯！其實是這樣的啦！太賢哥稍微調查了一下你們結社的資料，然後發現佐維他似乎還沒準備好出任務的樣子。所以我覺得，或許你們先別自己去投標任務會比較好些吧？」

「不投標任務你叫我們喝西北風啊！又不是你要破產，你當然能說這種話啦！」藤原綾不爽的說著。

面對藤原綾的凶狠，吃飽太閒倒是依舊笑容滿面，說：「不，並不是這樣的。我的意思並不是要你們結社停止投標任務。而是想說，由我們結社來投標任務，然後向【組織】提出傭兵申請，邀請你們來幫忙，變成合作任務的形式。」

藤原綾聽到這樣的說法，臉上的表情是有比較舒緩一點。她問：「……合作任務？」

「是啊！既然小綾你們有財務上面的危機需要解決，所以我覺得或許可以藉由這樣的方式來幫助你們。一來，你們馬上就可以得到一筆由我們結社支付的傭兵費用；二來，藉由我們【大宇宙結社】菁英的輔助和幫忙，佐維他也可以藉此得到實戰的經驗而成長啊！」

聽到這結社名稱我真的差點笑出來啊！「大宇宙」是什麼？講得好像他們是宇宙中心一樣，怎麼會有這麼不要臉的人想出這種結社名字啊！

藤原綾沒有馬上回話，但以她個性，沒有馬上拒絕就表示有在考慮。

連我都知道了，美惠子阿姨當然也知道，她趕緊幫吃飽太閒說話：「真的，小綾妳考慮一下。【大宇宙】怎麼說也是亞洲數一數二的韓國魔法結社。加上佐維現在的狀況並不好，合作任務對妳並沒有任何壞處啊！」

喔，我知道為什麼他們有臉取這種名字了，原來是韓國來的。

藤原綾又深呼吸一口氣，沒有說好也沒有說不好，只是直接站了起來，說：「我會想一想，再說好嗎？我先回去休息了，最近發生很多不順的事情，讓我感覺有點累了。」說完，她就轉身要走。

但吃飽太閒又開口補充說：「小綾，不然明天晚餐我們出來一起吃頓飯，邊吃邊討論這件事情吧！就這麼說好了囉！」

藤原綾點點頭，就繞過我身邊走了。這次她沒有拖著我，但我留在這邊也不知道要幹嘛，所以我也趕快向美惠子阿姨道別，跟在藤原綾身後走了出去。

在回去的路上，我乖乖的向藤原綾道了歉。

藤原綾當然接受了我的道歉啦！不過令人意外的是，藤原綾這一千年也不可能犯錯，就算犯錯也絕不認錯的女人，竟然向我道了歉。從這點就可以判斷，最近連番的不順，讓她的心情有多低落。

「……所以，我們真的要跟那個【大宇宙】搞合作案嗎？」

「這在業界很常見。」藤原綾看著窗外，嘆口氣後，反問：「那不然呢？你有什麼好建議嗎？親愛的副、社、長？」

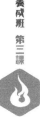

從這最後一句就可以判斷，我們家社長的心情似乎好了不少。

我搖搖頭，說：「別鬧了啦！我說的意見妳哪次採用過了……妳說怎樣就怎樣，我當然會跟著妳的腳步走啊！當初就說了要一起面對各種困難的咩～」

「嗯。」藤原綾輕笑了一下，說：「不過我還是很不爽你剛才對我大小聲，再讓我打一拳！」

「……別把我打死就好。」

藤原綾輕輕的搥了我一拳，然後點點頭，說：「我會跟【大宇宙】合作。姑且不管他們兄妹有多討厭，也不知道到時候要合作的任務是什麼……不過，要是不這麼做，我們不要說是去逛街買衣服了，也別說吃飯了……就是等一下這輛車要開去加油，也不知道能不能加滿。」

「喔……」我點點頭，思考了一下，問：「……所以妳有沒有考慮把這輛車賣掉，然後換一輛國產的啊？」

「完全沒有。」藤原綾馬上否決了我的提案。

你們看！不是我在講啊！我沒在開玩笑的啊！我提的意見她根本沒有聽進去過啊！

⊕⊕⊕　　⊕⊕⊕

既然決定了要跟【大宇宙】搞合作開發案，那麼在不了解對方的情況下就貿然與其合作，不但很不尊重對方，也是很危險的一件事情。

所以回家之後，藤原綾就花了一點時間來向我說明【大宇宙結社】的一些基本資料，以及她和吃飽太閒之間的恩恩怨怨。而這中間到底又會有什麼樣的情愛糾葛、愛恨情仇？藤原綾和太賢的過去，又曾經發生過什麼稀奇古怪的紛爭？讓我們慢慢的看下去……

想不到我們故事製作成本越來越高，竟然還邀請了盛●如來配旁白呢！

【大宇宙】是韓國結社。他們可以說是韓國境內數一數二的大型結社，用個淺顯易懂的例子來說明，就大概是韓國魔法界裡的●星企業。不過，不要問我韓國魔法界的L●和現●汽車分別是哪些結社，我不會告訴你，因為我也不知道。

這個結社算是一個新興結社，但他們發展的很快。結社所使用的魔法系統是「複合式魔法」。相對於傳統結社那種「一個結社是基於一種魔法系統為基礎來開宗立派」的情況，所謂的複合式魔法，就是「綜合各種不同的魔法專長，合併創立出新品種的魔法」的情況。

由於複合式魔法簡單、好學，雖然沒辦法真正接觸到各家魔法最精華、深入的部分，但將各種不同的魔法結合在一起的作戰方式，卻又可以對付許多不同的敵人、因應各式戰況，因此現在的新興結社幾乎都是複合式魔法結社居多。

其實廣義說起來，我們結社也是複合式魔法結社。社長是使用陰陽道的陰陽師，副社長兼打雜的是使用五行劍法的啦啦隊這樣。

【大宇宙結社】的魔法是以韓國本土的天道教為基礎，結合韓國傳統弓箭、日本神道以及中國的中醫，發展而成的複合式魔法。所以，身為社員，都必須要對這些東西瞭若指掌，清楚非常。如果是社長級人物，更是需要前往日本和中國取經，向當地的神道和中醫學習，打好基礎才能更上層樓。

所以，藤原綾和那吃飽太閒的梁子，便是在那個時候結下的。

當時，藤原綾還是個清純可愛的小蘿莉，韓氏兄妹——吃飽太閒本姓「韓」，全名「韓太賢」——便來到日本，向當地的神道結社學習專業的神道技術。

而要講專業，那當然不可能跳過號稱「日本第一、東亞最強」的神道結社——【藤原結社】了。

韓氏兄妹在長輩的安排之下，到【藤原結社】修行了三個月。在這三個月裡，跟藤原綾結下了很重的梁子。沒錯，藤原綾不只是討厭那個韓太賢，她更討厭他的妹妹——韓太妍！

韓太妍和藤原綾年紀一樣，加上又一起修煉神道，所以常常會被大人拿來當作比較的對象。這兩個女孩也從小就把對方當作是自己最大的宿敵。然而神奇的事情就在於，身為一個韓國留學生，對神道所展露出來的天分，卻把當時也還在修煉神道的【藤原結社】小公主給比了下去。

這無疑是在人家地盤上搧了地主一巴掌，也成了間接導致藤原綾後來放棄神道、改修陰陽道的原因。

這兩人的競爭從小就不間斷，一直到最近，聽說藤原綾當初社長審核沒通過，第一個打電話來「道賀」的人，就是那韓太妍。

「喔，嗯。」我點點頭，喝了口飲料後問：「那妳跟那個吃飽太閒又是怎樣？」

「他是我未婚夫。」

「噗！」

聽到這個出人意表的回答，我就被飲料嗆到然後不斷的咳嗽。咳了幾聲後，我才拍拍胸口，問：「妳、妳未婚夫？真、真的假的啊？」

「嗯……」藤原綾歪著頭看我，思考一下後才露出小惡魔笑容，湊到我身邊說：「真的呀～你也知道的，結社與結社之間為了利益或者其他因素而通婚的事情很常有呀～我是【藤原結社】的公主，那時候他是【大宇宙結社】的下任社長，這樣很相配不是？」

「是、是很相配啊……可、可是怎麼沒有聽妳說過啊？到底真的假的啦？」

「嘻嘻嘻……假的啦～幹嘛這麼緊張？」

「咦？」

藤原綾戲謔的笑著，搥了我肩膀一拳，說：「真是的～看你這麼緊張很好笑耶！是在吃醋嗎？別忘記你跟本小姐的『情侶』關係只是假的，幹嘛又吃醋又緊張呢～」

我愣了愣，然後搖搖頭，說：「當然緊張啊！要是人家【大宇宙結社】發現他們社長的未婚妻躲在臺灣跟男人同居還玩假裝情侶的遊戲，我搞不好會被人追殺啊！幸好是假的，呼！嚇死我了！」

藤原綾收起笑容，有些不滿意的問：「所、所以你只是緊張這個？沒有吃醋？」

「……對啊！我吃醋幹嘛？我們又不是真正的噗啊！」

我話還沒說完，藤原綾又出拳扁我，這跟剛才那輕輕扁我的力道完全不同！一拳扁得我馬上躺在地上了。

「王八蛋！哼！大笨蛋！」

「……我又說錯什麼了啊……」

總之，雖然韓太賢不是藤原綾的未婚夫，但其實曾經似乎是這樣的。不過這兩人始終沒有真正走在一起，一切都是父母之命——這裡藤原綾說得有些含糊，父母之命是我自己推測出來的——的樣子。而會讓藤原綾這麼不爽韓太賢的原因，似乎是因為這傢伙回去韓國後就馬上交了新的女朋友……總之就是被甩了然後才會不爽到現在。

「哼哼，所以啊！」藤原綾雙手交叉在平胸前，說：「我們等等去逛街。」

「啊？去逛街？」我不明就裡的反問：「可是我們不是已經破產了？沒錢買新衣服了吧？」

「夠，不夠的那個韓太賢會出。」藤原綾露出神秘的笑容說：「明天要去吃飯嘛……總得穿新的衣服才夠得體啊～」

「……我怎麼覺得妳每天都在穿新衣服啊……」

抱怨歸抱怨，我還是被想要逛街買衣服的藤原綾硬是拉出門，前往臺中市區的百貨公司血拚去了。

然而，這次跟往常不一樣。

以前我們會去的樓層，總會跳過那些紳士——就是字面上的意思，不是寫作紳士讀作變態的意思——樓層不逛。但這次藤原綾似乎是瞄準了紳士樓層而來，領著我來到這一層之後，拉著我隨便就走進一個生人勿近的西裝專櫃。

看著模特兒身上那些大同小異的西裝，每一套下面的標價都是五位數字起跳，我就覺得渾身不自在。

藤原綾把我拉進來後，就對來招呼的櫃姐說要她幫我挑選適合的西裝。

我原本沒有想過真的要穿，但礙於我今天不走進試衣間試穿看看，八成也沒辦法活著走出百貨公司。為了不要讓人家好好的正派經營的百貨公司變成凶宅鬧鬼大樓，我還是乖乖的進去試裝。

正所謂，佛要金裝、人要衣裝。我原本都是穿著短褲、系服和運動涼鞋到處趴趴罩的，結果在試衣間換上一套正式的西裝後，看起來竟然還滿像一回事的，好像真的在魅力值上加了三十分左右。

「喂！你好了沒啊！」藤原綾在外面催促著。

「喔，好了啦！」我趕緊轉身，拉開試衣間的門帘，走了出去。抓抓頭，我很尷尬的對藤原綾說：「欸……我覺得好奇怪耶……穿這樣會不會很怪啊？呃……嗯？」

我話才說到一半，才注意到藤原綾她根本就是坐在旁邊呈痴呆狀態。我嚇了一跳，想說她會不會是太常生氣導致腦血管爆炸中風了！結果當我跑去她面前揮了兩次手，她終於回過神來了。

「不、不會奇怪啊！」藤原綾臉都紅了，趕緊把臉轉開，說：「就、就買這套吧！很好看！真的！」

「嘎？真的要買喔？」

「買這套！」藤原綾乾脆爽利的點頭肯定，然後站起來，對旁邊的櫃姐說：「小姐！我們要買這套！能幫忙修改一下嗎？」

櫃姐點點頭表示可以現場修改，只是需要大約半小時的時間。因為我們的採購之旅還沒結束，所以藤原綾便點頭說好。等櫃姐量了我的長短粗細……我說的是手腳長度和三圍，藤原綾把卡刷下去，讓櫃姐拿去修改之後，我們就又跑去旁邊挑皮鞋。

等我把全身裝備都買齊後，藤原綾還預約了明天一早的髮廊設計師，要幫我SEDO一個全新的造型。

最後，當隔天下午，我頂著一個剛出自名設計師之手的飛炫髮型，穿著名牌西裝、高級皮鞋，甚至手腕上還多了一只精工錶，去照鏡子的時候，有那麼一瞬間我懷疑鏡子裡面出現的人其實是金城武。

連我都差點被自己迷倒了，就更不用說我家社長了。你看她笑得不輸花痴一樣，在東別逛街的時候，死命的勾著我的手不放，就知道她對我這造型有多滿意了。

⊕⊕⊕　⊕⊕⊕

很快的，約定好的晚餐時間到了。我和同樣也是盛裝打扮的藤原綾搭車前往約好的地點。

說真的，就算藤原綾很討厭韓太賢，但該盛裝打扮的場合，她也絕對不會馬馬虎虎。

一登場就是要成為全場焦點！光是看她連那號稱●果公司下一代新產品的平板胸部，也可以在半小時內硬是擠出兩座小山，就知道她為了打扮，八成連靈魂都出賣給惡魔了。

今天晚餐的餐廳，是位於市區內某五星級飯店的頂樓。

這間飯店聽說也是【組織】名下的企業之一，除了一般的旅客業務外，大部分的房間都是保留給來臺灣洽公的魔法師使用。當然，這次【大宇宙結社】也不例外，聽說韓太賢那傢伙把最頂級的總統套房和次頂級的幾個套房都包了下來，作為這次任務期間在臺灣的根據地。

來到飯店，從踏在地毯上的那一刻，我就感覺到許多注目的眼光。大家可能不知道我是誰，但既然這裡是【組織】的企業，那就很難不認識我身邊這個超漂亮的魔法界小公主藤原綾。

來到頂樓的餐廳，這餐廳的門口還掛了個牌子，表示今天晚餐已經被韓太賢包場下來，要招待我們【神劍除靈事務所】。

而韓太賢本人，更是笑容滿面的站在餐廳門口接待我們的到來。

「小綾、佐維，你們來啦！有塞車嗎？」韓太賢笑著張開雙手，表達歡迎的意思。

「臺中的交通就是那樣，這個時間能不塞車嗎？」藤原綾也笑著回應。

說實在的，光從這樣的表情判斷，旁人根本就不知道這女人很討厭她面前的韓太賢。

藤原綾說完，還主動勾著我的手，把我拉了過去，對韓太賢說：「太賢哥～之前一直沒有跟你好好介紹介紹。這位是我們【神劍除靈事務所】的副社長，也是我的男、朋、友～他叫陳佐維，還請你多多指教。」

說完的同時，藤原綾還暗暗的擰了一下我的腰內肉，我立刻反應過來，拿出在路上演練好的那套，伸出右手對韓太賢說：「嗚……太、太賢哥您好，我叫陳佐維，是小綾的男朋友，請、請多多指教。」

馬的，在車上演練的時候妳捏的哪有這麼痛啊！

雖然藤原綾有跟我講解過她和韓太賢之間的情感糾葛，我也大概猜得出來她要我在這個場合上扮演她男朋友的用意是什麼。不過，不管我猜的對不對，那個韓太賢似乎並沒有受到什麼影響。

他很大方的伸出右手，用力的握住了我的右手，笑容滿面的說：「佐維好！你的大名我早就聽過啦！有關你的事情我聽美惠子阿姨提過很多次，只是沒想到你竟然跟小綾在交往呢！呵呵……小綾她就像是我另外一個妹妹一樣，以後還得請你好好照顧她囉！」

「呃，妹……唉唷！」

正當我想追問妹妹是什麼意思的時候，藤原綾突然用力的往我的腳上踹了下去，不讓我追問下去。然後她笑容滿面的對韓太賢說：「太賢哥～大家為什麼要一直在門口說話呢？我跟佐維都快餓死啦！趕快進去裡面邊吃邊談吧～」

「呵呵……這個當然。」韓太賢點點頭，笑著說：「趕快進來吧！」

韓太賢代替服務生領著我們兩人上座，還很紳士的先替藤原綾把椅子拉出來請她就座。不過他並沒有幫我拉椅子，果然是重女輕男。

才剛坐下，服務生就將今天的菜單送上。雖然說是菜單，其實今天的菜色已經決定好了，並沒有辦法更換，遞上菜單的用意只是要讓我們確認今天的晚餐會吃到什麼，還有可以提早要求一些個人化的調味。然而，像我這麼隨和的人，自然是一點意見都沒有了。

就在這個時候，一個高八度的笑聲從餐廳入口傳來。

不誇張，真的就跟動畫裡面那種千金大小姐會笑出來的那種「哦呵呵呵呵～」的聲音一模一樣！

今天是包場處理，所以能在這時候踏進餐廳來的，如果不是服務生真的擋不住，就是同樣也在受邀出席的名單裡面。而從我身邊那臉色大變的藤原綾的反應來判斷，這笑聲的主人應該就是那個她從小到大的宿敵．韓太妍。

這讓我很想看看，能被藤原綾視為勁敵的女人到底長什麼樣子？不過，就在我才剛轉頭的那一瞬間，藤原綾馬上又踹了我一腳。這腳比剛才那腳更大力！

小姐！妳穿的是高跟鞋啊！妳就這麼想把我的腳踢斷是吧？

不只是踹我，藤原綾還惡狠狠的瞪了我一眼，恐嚇我說：「不准看那女人！要不然信不信我把你眼睛挖掉？」

然而……我看妳還是乾脆把我眼睛挖掉吧！那個韓太妍根本就是衝著妳來的啊！她從進餐廳開始就馬不停蹄的直往這邊過來，要我不看她也很困難啊！

這韓太妍長得也很漂亮，身上跟藤原綾一樣，散發著那種千金大小姐的獨特氣質。這種氣質是筆墨難以形容的，虛無縹緲的，真的要看到本人才能體會。她那一頭染成棕色的波浪長髮，髮型是特別設計過的，看起來非常的高貴典雅；身上一席火紅色的晚禮服，剪裁合宜，將她的好身材襯托的更加出色。

不說別的，光是胸口那條深深的事業線，我直接在這裡宣布這一回合的評比，藤原綾輸到連人家的車尾燈都看不到啊！

韓太妍身上一些光鮮亮麗的珠寶首飾也有畫龍點睛的效果，但最搶戲的就是她手上那把黑色的小摺扇了！帶著扇子出場讓她更添一股神秘的氣息，整體搭配的效果之好，比電視上的模特兒看起來還令人舒服。

不過，這樣一個吸睛指數百分之百的氣質美女，就在她開口說話的那一瞬間破功了。

因為她的國語超爛，果然是韓國人。

「哦呵呵呵呵～我還以為是哪個結社這麼了不起，能讓哥哥向【組織】申請、要求指名過來幫忙我們。結果原來是個連社長審核都要靠走後門才能過關，搞到現在都快破產的小綾的結社呀？呵呵～能得到跟我們結社合作的機會，妳怎麼還不快點跪在我面前感恩呢？」

韓太妍的國語真的有夠爛，老實講我也不知道為什麼她要講國語，大概是因為韓太賢為了配合我這個只會三國語言——國語、臺語、臺灣國語——的大帥哥所要求的吧！但她的國語發音之詭異，完全超越爛這個字可以形容，我還能即時翻譯成大家看得懂的文字，你們真的應該先把書放下來幫我鼓掌叫好三十秒啊！

面對韓太妍的嗆聲，藤原綾沒在怕的，直接回應：「哦呵呵呵呵～就算是這樣，也好過一個連踏出第一步的勇氣都沒有，只敢躲在哥哥保護下的爛草莓呀～妳說是吧？」

「哦呵呵呵呵～這麼久沒見了，妳說話還是一樣難聽，就跟妳的臉一樣醜呢～小綾！」

「哦呵呵呵呵～彼此彼此囉！哪像有人醜到連直接用真面目見人都不敢，需要帶把扇子出來遮呀～太妍～」

哦呵呵呵呵，哦呵呵呵呵～哦呵呵呵呵！妳們夠了沒有啊！講話開頭一定要這樣笑

嗎？神經病啊妳們！

韓太賢看這兩人一見面就開心得不由自主打招呼打個沒完沒了，趕緊跳出來打圓場，讓韓太妍坐到位置上去。

這是一張方桌，也不知道他是怎樣安排的，竟然讓韓太妍和藤原綾面對面，我跟他面對面。這根本就是方便人家吵架啊！

不過，雖然他安排座位的天分沒有他魔法的資質優秀，但經過這麼一番脣槍舌戰，我對韓太賢的評分還是有高了一點。畢竟說到底，韓太賢除了偶爾會對我露出神秘的微笑外，整個態度比起韓太妍好太多了。

兩人大概是吵到沒架可以吵了，韓太妍就把戰火的種子丟向我。她看了看我，問藤原綾說：「小綾呀～還沒聽妳介紹，旁邊這個男的是誰呀？新請的傭人嗎？」

「咦？他……」藤原綾大概沒料到韓太妍會突然問這個問題，一下子沒有反應過來。

但反應很快的韓太賢馬上就幫忙回答，對韓太妍說：「太妍，這位是小綾的男朋友。大名鼎鼎的神劍傳人，陳佐維。」

「……小綾的男朋友？」韓太妍疑惑的看著韓太賢，然後才像是發現什麼寶貝一樣，轉頭對我笑著說：「哦！你是小綾的男朋友啊？呵呵～你好你好！」

「呃……」我看了看藤原綾，確認她應該不會因為我跟韓太妍打招呼就當場把我扁死，才向韓太妍點點頭，笑了笑回禮。

「呵呵……小綾，妳男朋友真靦腆呢！」韓太妍先向藤原綾笑了一下，然後才對我說：「當她男朋友一定很辛苦吧？大概三不五時就會被罵，無緣無故就會被打吧？你有沒有保意外險？如果還沒有的話，我猜保險公司應該不會受理，要不然你出意外的頻率比一般人還高唷！」

我靠！這點妳也看得出來？妳該不會之前跟藤原綾交往過吧？

面對韓太妍的確實指控，藤原綾生氣的拍桌子對她大吼：「死韓太妍妳說什麼啦！」

「我？我說的是實話啊～」韓太妍面帶微笑，用扇子指著我說：「不然妳問問看，妳男朋友覺不覺得我說的是錯的呀？」

「死、死陳佐維！」

我趕緊搖頭否認，大喊：「沒有啦！我什麼都還沒有說啊！」不過來不及了，雖然藤原綾有忍下來沒出手一拳把我揍扁，但她瞪著我的眼神一副就像是我已經出賣她了一樣。

可是這不能怪我啊！若要人不知，除非己莫為啊！

事到如今，我終於明白韓太賢要花大錢把餐廳包下來的用意了。不是因為要耍氣派，而是因為怕這兩人吵到最後打起來，會打擾到別人啊！

韓太賢再度出面充當和事佬，還用眼神示意我，要我也幫忙安撫藤原綾，以免這頓飯連前菜都還沒上，兩人就會打起來。

好不容易讓這兩個完美詮釋同性互斥的女人安靜下來，韓太賢便立刻拿出文件，切入正題：「小綾，這是正式的申請文件，妳看一下。」

藤原綾接過文件後，看了看。雖然不知道裡面寫了些什麼，不過藤原綾似乎很滿意的樣子，也沒問我，就直接點頭同意了合作案。

「妳沒有問題想要問我嗎？」韓太賢笑著問藤原綾。

藤原綾搖搖頭，也笑著說：「這份合約上面的內容我看了很滿意。這麼優渥的條件，想必是特別替我們結社設計的吧？」

韓太賢點點頭，說：「是啊……畢竟小綾妳也不算是外人。其實我也有徵詢過美惠子阿姨的看法。如果這次的合作案成功，我希望能夠直接投資你們結社，讓妳能不必分心於生活費的問題，能專注在魔法的訓練上面。尤其是佐維，不然他一直受傷，身為女朋友的妳想必很擔心吧！」

沒料到韓太賢會突然來這麼一句，藤原綾臉都紅了。但她倒是沒有反駁，只是故作害羞的點點頭。

其實我覺得她應該會擔心，只是我更希望她不要每次只有在我受重傷的時候才對我好、才擔心我啊！平常時候對我也好一點會死嗎？而且，其實我們如果沒有花那些莫名其妙多的金錢，現在也不必分心於生活費的問題啊！韓太賢，你給她錢，只會讓她把錢又花光光而已啊！

就在這個時候，好不容易安靜了一下的韓太妍突然開口說話了。

「哥，等一下。」韓太妍伸手把那份合約拿了過去，歪著頭看了半天，說：「這份合約也太奇怪了吧？不管這次的合作任務成功與否，我們付給他們的錢也太多了吧！」

藤原綾白了韓太妍一眼，「關妳屁事啊！太賢哥喜歡拿錢給我花，妳不高興嗎？」

「當然關我的事情啦！我好歹也是我們【大宇宙結社】的副社長，針對社長即將做出的不合理的支出，當然有權力否決啦！」韓太妍聳聳肩，說：「唉，有人結社自己搞到要破產，不去想想問題在哪裡，卻成天老是跟別人要錢？這樣還敢說自己有在『經營』結社，真是笑死人囉！」

「妳……」

「太妍！」

藤原綾正要怒嗆韓太妍的時候，韓太賢卻先開口了。他有些生氣的對韓太妍說：「今天我們是很正式的在討論合作的提案，不是小孩子在吵架。妳要學會分清楚場合啊！身為副社長，什麼時候該公事公辦，妳應該很清楚。」

因為我一直沒有看到合約，所以我也不知道合約內容是什麼。不過我猜韓太妍會想要否決，除了她跟藤原綾八字不合外，大概是那合約真的有問題，可能是什麼割地賠款、賣妻賣女的戰敗條件之類的。因此，在她的否決被韓太賢用小孩子吵架的理由堵回去後，她很明顯的不爽了起來。

「小孩子吵架？哥你要不要看看你出的是什麼條件？就算今天要跟我們合作的結社是【藤原結社】，也不可能出到這麼高昂的價錢啊！而且對方還是個沒有實質戰績的小結社耶！小孩子吵架？我倒覺得哥你這合約才有私心呢！」

「吵死了啦！」藤原綾生氣的拍了桌子一下，瞪著韓太妍說：「妳左一句破產、右一句沒實力的是怎樣？不要以為本小姐還跟小時候一樣啊！我跟妳講！我們就來比啊！看你們結社這次的任務最後是誰先解決目標，是誰先完成的啊！要是你們先完成，本小姐不但不要你們的錢，連結社都可以免錢掛上你們的招牌啦！要是我們先完成，妳也不用多給我錢，乖乖照合約走，然後來我面前下跪認錯！敢不敢來比啊？」

「下跪認錯？」韓太妍也火大了，也跟著拍桌子站起來，用扇子指著藤原綾說：「好啊！我們就來比賽啊！妳就不要到時候輸到連結社都賣掉！哼！」

「妳才會來本小姐面前下跪認錯！哼！」藤原綾也站了起來，然後說了一聲「死陳佐維，我們走！」後，就轉身離開。

因為說到底，我們還是受邀前來的客人。雖然氣氛會變成這樣尷尬他們也有錯啦……不過我還是先向韓太賢小聲道歉，才趕緊追著藤原綾離開。

這頓飯最後我連前菜都沒有吃到，就在煙硝味中結束了。

不過，我們結社和【大宇宙結社】的合作案，似乎是通過了的樣子。然而，只要一想到藤原綾和韓太妍兩人吵架時的樣子，我真的真心認為這個合作案不是好事啊……

NO.004

你是在開心什麼的啦！

由於合作案三審通過，【大宇宙結社】和【神劍除靈事務所】的結盟從今天正式開始！

不過，雖然說是要開始合作，但我們卻完全不曉得這次要進行合作的任務內容是什麼。而關於這點，藤原綾卻不太在意。

據藤原綾表示，那份合作案的合約似乎是真的很超過！付給我們的傭兵費不但超過之前那三個失敗任務的報酬總和，甚至還直逼一線大結社的費用。能開給我們這種名不見經傳的小結社這種數字，真的只能說是藤原綾祖上積德、三生有幸。

「其實我們也不是啥名不見經傳的小結社吧？」我說。

藤原綾白了我一眼，說：「如果我們不是名不見經傳的小結社，那請問誰才是啊？要有自知之明啊！」

其實我一直以為是妳沒有自知之明，想不到原來是我沒有自知之明啊！

我聳聳肩，笑著說：「其實搞不好我們很有名耶！妳知道嗎！在我們第一次去【組織】中請任務投標的時候啊，我在廁所就有碰到韓太賢。我跟他第一次見面，他就一直問我是不是傳說中的那個神劍傳人。看來妳媽說要振興東方魔法界必須要靠我的軒轅劍這件事情，她搞不好有在幫忙宣傳喔！」

「東方魔法界如果需要靠你這種人來振興，我看乾脆解散算了。」藤原綾又白了我一眼，讓我產生了她似乎沒有瞳孔的錯覺。但她也聳聳肩，說：「不過，媽媽有說到，韓太賢似乎對你很有興趣，一直問她有關神劍傳人的事情。」

聽到這句話，我不自覺的縮了一下，「……欸，他幹嘛沒事一直問我的事情啊？」

「我哪知道！」藤原綾搖搖頭，說：「不過，要是他親眼看到你在戰鬥時候的英姿，我猜他大概幻想會破滅吧！」

「……好啦好啦……我知道我對不起妳，可以了吧！」我很無奈的回應。

「知道了還不快去練功？我跟你講，你要是到時候再扯我後腿，害我輸了跟韓太妍那賤人的打賭，信不信這次我一定不會放過你……把你閹掉喔！」

「我信、我信啦！」

嗚嗚，雖然今天比較有創意的說要閹我不是要殺我，但還是很可怕啊！

就在這個時候，藤原綾的手機響了。她拿出來，一看來電顯示就皺起眉頭，然後有些心不甘情不願的把電話接通。我沒仔細聽她通話的內容，只知道她和電話另外一端的人在對話時是用互罵的方式在溝通。

電話掛上之後，藤原綾就嘟著嘴，不太滿意的說：「死韓太妍打來的。」

「其實從妳跟那個人是用互罵的方式也可以溝通來判斷，我也猜得出來是誰打的。」

「去……反正，她說，因為我們結社有合作案，所以韓太賢希望我們能暫時先搬到那間飯店去跟他們結社一起住，比較方便聯絡。」

我點點頭，畢竟我本來就沒啥出意見的地位。但我馬上又搖搖頭，說：「不是啊！那間飯店五星級的耶！住一天我猜也要好幾千，我們住得起嗎？」

藤原綾愣了一下，然後用一種「你真無知」的不屑眼神看著我，說：「……你覺得長榮集團的董事長去長榮桂冠酒店住的時候，他需要付錢嗎？」

「呃嗯……喔。」我點點頭，表示我聽懂她的比喻。

「而且，就算要出錢，當然也是他們會幫忙出。」藤原綾聳聳肩，很理所當然的說下去：「畢竟是他們向【組織】提出申請，希望我們能支援他們的任務的。」

「喔……」

藤原綾站了起來，說：「好啦不管啦！反正先去收拾行李，我們等等就過去那邊，看情況怎樣再說吧！」

「是～社長大人。」

雖然說是要收拾行李，不過其實只是要去距離我們小窩不到二十分鐘車程的飯店入住，所以我們僅攜帶最少的隨身物品和個人裝備，就出發了。

抵達飯店，雖然沒有【大宇宙】的人出來接待我們，不過【組織】小公主降臨現場，還是馬上有服務人員過來招呼。

藤原綾原本想說要自己登記入住，可是一來不知道【大宇宙結社】是在哪一層，二來她絕不虧待自己住普通房——現在好房間都被【大宇宙】包了——所以她就要那服務人員幫我們送點心茶水，然後領著我去旁邊的等候區坐著休息。

我正吃著點心，藤原綾則拿出手機打給韓太賢，跟他說我們已經來了。通話結束後，我看著藤原綾半天，我才突然發現一件很瑣碎但也很神奇的事情。

「欸欸，我發現一件事情耶！」

「嗯？」藤原綾拿起一片日式煎餅，叼在嘴巴裡，用這副很可愛的模樣盯著我：「怎麼啦？」

「我好像還不知道妳的手機號碼耶！」

這件事情真是非常神奇啊！我們兩人假扮情侶已經兩個多月了，甚至同居也這麼久了，結果我竟然沒有藤原綾的手機號碼！這順序完全不對啊！

藤原綾點點頭，把咬了一口的煎餅放在一邊，說：「對啊！你一直沒跟我要，我也一直忘記給。好啦～知道你想跟本小姐要電話很久了，趕快記好，09××－××××××，09××－××××××。記好沒有？」

「……09××－××××××……嗯，好啦！我記好了。」我趕緊輸入電話簿中。

我們兩人坐沒多久，韓太賢就帶人親自下樓來接待我們。他要那些人幫我們拿行李，同時笑著向我們解釋希望我們能過來的原因。但就像是韓太妍在電話裡跟藤原綾所提過的差不多，所以這邊就不多贅述了。

「唉唷！@#$$%@！（韓文）」

就在這個時候，旁邊那個想幫我拿軒轅劍的人突然叫了一聲，然後把我的軒轅劍摔在地上，發出「匡！」的沉重聲響。我立刻把軒轅劍撿起來，還試圖用我所知不多的韓文向他道歉：「蘇、蘇咪媽謝！」

「蘇你個頭！那是日文啦！笨蛋！」藤原綾馬上吐槽。

啊我就不會韓文啊！我趕緊對韓太賢說：「對、對不起啊！只要是我以外的人碰到軒轅劍，都、都會被劍上的封印給弄受傷……對不起對不起！我沒有先講，真的很抱歉！」

韓太賢愣了一下，接著才點點頭，笑著說：「沒關係的！是我們失禮了。那就只能麻煩佐維你自己拿軒轅劍上樓囉！」

「嗯……不麻煩啦！真的很抱歉，對不起！」

韓太賢幫我向那人用韓文說了道歉後，就領著我們上樓去。他說他們【大宇宙結社】

把最高的兩層樓的房間都包下來了。雖然說是全包，但原因有點類似像昨天包下餐廳那樣，只是怕有閒雜人等會妨礙結社運作，所以其實也只有使用到其中幾個房間而已。

剛剛在電梯裡的時候我有注意到樓層分布圖，所以知道這兩層的房間全部都是最頂級的豪華套房。能夠把這裡全包下來，一個晚上的花費肯定高到嚇人！換算成營養午餐都不知道可以吃幾百幾千份！有錢人的思考還真是讓人難以捉摸啊！

「小綾、佐維，這個房間就讓你們兩人使用了。」

韓太賢領著我們來到頂樓的某個房間門口前面，說：「呵呵，既然你們是情侶嘛……別說太賢哥沒給你們製造機會浪漫一下。這可是最豪華的套房！全飯店只有三間喔！」

韓太賢說得很豪氣，但我和藤原綾其實頗尷尬的啊！雖然我們現在的身分是情侶，但那是假的啊！你真的要我們睡一起啊？要是晚上我失身了怎麼辦啊？你賠得起嗎？

尷尬歸尷尬，從這時候就可以看出藤原綾這天生戲精的本事了。

她馬上羞紅著臉，勾著我的手對韓太賢說：「謝、謝謝太賢哥……嘻～」

天啊！你們都沒看到藤原綾她那噁心到爆的表情啊！光看這張臉，我就覺得晚上我肯

定會失身的啊！這、這這這……這真的好像也不賴啊！

我和藤原綾手勾著手，走進房間內，笑著送別韓太賢。當房門關上的那一瞬間，我才終於鬆了一口氣，而勾著的雙手也馬上分開。

環顧這個房間，真不愧為最豪華的套房。老實講，我以前也沒有踏進五星級飯店睡覺過的經驗，所以也不知道是不是五星級飯店都這麼豪華。但從以前跟家人出去玩的經驗聯想，我還真沒有住過這麼高級的房間。

它有一個小玄關，玄關裡面是一個小客廳。客廳旁邊有一個小吧檯，吧檯後面的一片大落地窗可以遠眺臺中市夜景。客廳後面才是臥室，臥室裡面的床超大張，光看也覺得超柔軟。臥室裡也有電視，可以躺在床上看，旁邊還有一張沙發床，還有一個辦公區。

臥室旁邊有一間浴室，用毛玻璃隔著，從臥室這邊看過去，雖然是看不清楚，但還是會讓人充滿遐想，比直接看光光還性感。臥室的另外一邊，則是一個超大陽臺，陽臺上還有桌椅，可以讓人在這裡看夜景、看星星月亮、做日光浴。

看完一圈，我發出讚嘆的聲音說：「……哇賽……這裡比我們家還大耶……」

「嗯。」藤原綾站在床前，雙手交叉在胸口，歪著頭看著床思考半天才說：「嗯……你要睡哪邊？」

「咦？」我抓抓頭，也看著床說：「……不然我睡左邊、妳睡右邊好了。」

藤原綾搖搖頭，指著客廳說：「我是問你要睡這張沙發床，還是要去客廳睡？」

「……我去客廳睡……」

好吧！換個角度想，我把客廳沙發併在一起也比我們結社裡我房間的單人床還大！加上毯子和枕頭，其實也很舒服……但我總覺得有點難過，到底是為什麼呢？為什麼難得來五星級飯店住，我卻只能睡沙發呢？一樣是人，命不一樣就該死嘛？

因為暫時沒有事情好做，所以我把自己晚上睡覺的地方整理好之後，便舒舒服服的躺在上面，打開電視看了起來。就在這個時候，有人敲門，我跑去玄關開門，才知道原來是韓太賢來找我們。

一見面，韓太賢就親切的笑著問：「啊！佐維啊？你們現在有空嗎？」

「呃，應該算有吧……我得問過藤原綾才知道我們到底算不算有空。那個，太賢哥你找我們有什麼事情嗎？」

韓太賢笑了笑，說：「也沒什麼事情啦！想說現在剛好是要吃晚餐的時間，就過來問你們要不要跟我們一起用餐。」

想到上次在餐廳藤原綾和韓太妍吵架的激烈程度，我就對跟【大宇宙結社】一起用餐的這件事情感到反胃。而且在來這裡之前，我和藤原綾已經先吃過飯，所以現在還不餓，便直接婉拒了韓太賢的邀約。

「噢，是這樣啊？」被拒絕的韓太賢臉上並沒有因此露出失望或者其他的情緒，依然保持著鄰家大哥那樣親切陽光的笑容，說：「那，晚點你們應該也沒有事情做吧？太賢哥有事情要找你們，我們約七點，可以嗎？」

「唔，應該可以吧！」我聳聳肩，說：「不過還是老樣子，我得問過藤原綾才能知道七點的時候我們有沒有空。」

「啊哈哈～你就跟小綾說太賢哥有重要事情要談，這樣應該就會有空了。」韓太賢往後退了一步，說：「那不打擾你們休息啦！我先去餐廳跟結社成員們吃飯，七點的時候會再來。」

「嗯，我知道了！我會跟藤原綾說的。」

送走韓太賢，把門關上後，我就跑進臥室裡向躺在床上看電視的藤原綾報告這個消息。藤原綾聽到只是皺眉，大概她也沒想到還會有什麼重要事情要談。但她也沒叫我想個理由在七點的時候去拒絕韓太賢，也就是說，我們結社七點的時候有空就對了。

因此，我只好把客廳又恢復成原本客廳該要有的樣子。

到了七點，藤原綾走出臥房，很隨性的躺在沙發上等候韓太賢的到來。而韓太賢非常準時，好像他根本就躲在門外面倒數計時一樣，七點一到，他敲門的聲音馬上傳來。

藤原綾叫我去開門請韓太賢進來。進來後大家都就定位坐好，韓太賢才說了他所謂的重要事情到底是什麼。

「小綾、佐維，是這樣的。」韓太賢正襟危坐，笑容滿面，語氣認真，像是在談論大生意一樣的說：「我們即將要合作進行一個任務。這個任務我明天會向【組織】申請投標，估計會是一個難度B或者A級的簡單任務。但不管這個任務是難是易，合作任務最重要的還是要對雙方的魔法系統有些簡單的基礎了解，這點我相信小綾應該能同意，對吧？」

藤原綾點點頭，說：「嗯。雖然我沒有處理合作任務的經驗，但聽說合作任務的難度會比普通任務來的困難一點點。若是雙方沒有默契，沒有基礎認識就貿然合作，不要說是任務失敗，就是團隊全滅的情況也都略有耳聞。」

「就是這個意思。」韓太賢點頭，用讚許的語氣說：「小綾的確有當社長的樣子。」

藤原綾露出一個甜美的笑容：「所以太賢哥過來想要討論的重要事情是什麼呢？」

「我想請你們來接受我們結社的身體檢查、魔力測驗。說實在的，這只是個小動作，不會花你們很久的時間，但卻可以讓我得知你們現在的魔法系統、魔力強度等等的重要資訊，方便到時候我在安排不同任務成員組成的時候，可以更輕鬆順利……」

「我不要。」

「咦？」

聽到藤原綾連想都不想一下，甚至韓太賢話都還不算說完就中途打斷，我和韓太賢異口同聲的發出了疑惑的聲音。畢竟韓太賢說得挺有道理的，我不了解為什麼藤原綾不願意接受身體檢查。

藤原綾白了我一眼，然後露出笑容對韓太賢解釋說：「太賢哥，雖然說你有你的考量，但我並非出身複合式魔法結社。身為一個陰陽師的傳人，很多相關的魔法秘訣都不方便公開。假如只是想要得知我到底可以做些什麼，我相信【組織】方面都有資料備查。呵呵，太賢哥如果有需要，我隨時都可以請媽媽調閱出來給你看唷～」

被當面拒絕，韓太賢依舊面不改色，說：「我了解小綾妳的難處……但是……不瞞妳說，其實這個要求主要不是針對妳，而是針對佐維才提出來的。」

「咦？我？」

聽到韓太賢突然把矛頭指向我，原本以為這又是一場我沒有臺詞的旁觀者場合的我，還真是嚇了一跳，指著自己問：「為、為什麼是我啊？」

韓太賢看著我笑了笑，解釋道：「佐維你大概還不知道，有關你的資料，【組織】方面並沒有建檔的很完善。從加入魔法師世界至今，你似乎還沒有去【組織】辦公室進行『魔法檢驗』，辦理魔法登記，對吧？」

聽到韓太賢這樣的說法，藤原綾臉色微微一變。畢竟我沒有進行魔法檢驗卻還是可以用魔法師的身分在魔法世界走闖奔波，全都是藤原母女上下交相賊出來的另外一個結果。

照道理說，每個魔法師都必須要去【組織】進行魔法檢驗，做一個魔法師身分的登記證明，沒有人可以例外。但是因為我的魔力一直開發不出來，魔法五行劍法又虛弱的跟公園裡打太極拳的阿伯一樣，空有其形不具其實，只要我去進行魔法檢驗，我的魔法師身分大概就會馬上被貼上標籤，然後出任務的時候肯定會綁手綁腳的，甚至還有可能會因此被【組織】強制除名，強迫我卸甲歸田，回去過我普通人的生活。

然而，藤原綾不想讓我脫離這個世界，美惠子阿姨更是每天都在祈禱我的軒轅劍能幫她振興東方魔法界。因此我個人的魔法檢驗一直沒有辦理，我的魔法師登記也是美惠子阿姨仗著自己是會長，硬是在我連一筆數據資料都生不出來的情況下就登記好的。

所以韓太賢所說的，在【組織】方面查不到我任何魔法資料的事情是千真萬確的，因為我根本就沒有去做測驗啊！

「……太賢哥……」藤原綾皺著眉頭開口。

但話還沒說出來，韓太賢就笑著揮揮手說：「啊哈哈！別誤會啊！太賢哥不是因為發現了佐維的魔法師登記有問題，想對你們不利的。事實上，我也可以理解這樣的情況為什麼會發生，畢竟好好一個神劍傳人，【組織】方面想要加以保護，是很合理正常的事情。不過，回到我一開始所說的，有關這次合作任務的情況上，我就很頭疼了……畢竟對於一個一無所知的隊友，我還真的不知道該把他安排在哪個環節上才能發揮最大功用呢！」

藤原綾深呼吸一口氣，點點頭說：「我知道了……所以太賢哥主要還是要讓佐維跟你一起去做身體檢查，要調查他的魔法系統和魔力強度，對吧？」

「對對對，就是這樣。」韓太賢有些解脫的笑著，好像他講半天，終於有人進入狀況一樣的欣慰。

「那就去吧！」藤原綾很爽快的同意，但卻露出了小惡魔的戲謔笑臉，說：「不過呀～嘿嘿……聽媽媽說太賢哥一直在探聽神劍傳人的情報對吧？我只希望，到時候檢查結果出來，太賢哥可別失望囉～」

我很無奈的白了藤原綾一眼，但無奈歸無奈，她說的是實話。我自己的能力在哪裡我自己最清楚，從學魔法到現在，我全身上下扣掉軒轅劍這把上古神兵不談，最能跟魔法扯得上關係的，大概就是我那一點用都沒有的「結界破壞」能力了。偏偏「結界破壞」又不算是正式的魔法系統，所以不用測驗我都能猜到結果，肯定會非常難看。

然而難看還是得看，所以我還是乖乖的跟著韓太賢離開，前往他替我安排的檢查身體的地方。

韓太賢帶我到旁邊的一個空房間，要求我在這邊稍候一下，他就轉身先行離開。我還想說先打坐冥想一下，看能不能提升一點魔力，等等測驗的結果會不會比較好看。結果才剛把打坐姿勢調整好，馬上就有人敲門了。

我應門回答：「請進。」

門打開之後，走進來的人不是別人，竟然是那個跟藤原綾針鋒相對的韓太妍！

現在不是餐廳那種需要爭奇鬥豔的場合，所以韓太妍此時是穿著比較輕便、日常的服裝。僅僅穿著簡單的粉色服飾搭配迷你裙，便能將她的好身材和美貌襯托出來，手上的提包也將她千金小姐的氣質烘托的無比優雅，真的是天生麗質。

然而，看到進來的人是韓太妍，我反而緊張了起來。雖然我跟她僅僅有過一面之緣，但那次在餐廳留給我的印象實在太深刻了！她討厭藤原綾到極點，我又是藤原綾的男朋友——起碼現在在這裡，我的身分是這樣沒錯——等等她要是假借身體檢查之名，把我腎臟挖去賣掉，我也求助無門啊！

「你好！陳先生。」

相對於我的緊張，韓太妍顯得非常從容不迫。她笑容滿面的走到我面前，用沒有提著包包的那手輕輕貼在自己的胸口說：「上次在餐廳沒能好好自我介紹，還請恕太妍失禮！這邊讓我正式的自我介紹一次，敝姓韓，韓太妍。你可以直接叫我太妍就好了！」

雖然她表現的非常有禮貌，但因為中文發音咬字實在是爛的無與倫比，所以馬上就把她剛進門所有營造出來的氣質都毀滅了。

所謂的開口死美女大概就是這型的，太難過了真的。

雖然這緊張的氣氛因為她的爛國語而混入了一點詼諧的色彩，但我卻沒辦法因此消除半分緊張。畢竟先禮後兵的故事實在太多了！誰知道她會不會現在這麼溫柔，等等突然發飆然後把我的腎臟挖去賣掉呢？然而，對方都先釋出善意了，我也不好意思一點表示都沒有，就繼續保持著打坐的姿勢，傻愣愣的看著韓太妍露出低能兒般的笑容。

馬的，我幹嘛沒事要打坐啊！這場面好尷尬啊！

我跟她大概定格了兩秒左右吧，韓太妍便再度開口打破了我們之間的尷尬。她笑著問我說：「你好像很緊張，是嗎？」

「呃……嗯。」我點點頭，從乾渴的喉嚨裡擠出幾個字說：「有、有點啦……」

韓太妍搖搖頭笑了笑，然後從提包裡拿出她那把招牌的黑色摺扇，「呵呵……其實你不用緊張啦！我跟小綾每次見面都是這樣，習慣就好。而且我跟她不一樣，太妍是很公私分明的！我不會因為你是小綾的男朋友就把你看作是敵人。所以你不要緊張，好嗎？」

我點了點頭，但還是一臉呆滯樣。加上我那個因為打坐姿勢而已經快要麻掉動彈不得的雙腳，讓我表現的好像更加低能。

韓太妍輕輕的嘆了口長氣，像是被我打敗了一樣，搖搖頭說：「真不知道你是平常被小綾欺負怕了還是怎樣……雖然這樣呆呆的很可愛，不過我不喜歡唷！唉～你如果還要繼續這樣就這樣吧！我趕快把事情處理處理，你趕快回去休息吧！」

「嗯……所、所以我們現在要幹嘛？」

韓太妍把包包放在我面前的桌上，同時也坐到我身邊的位置，一邊從包包裡拿出一份用A4紙訂成的文件，一邊回答我說：「我要來幫你檢查身體，做魔力測驗。嘻～這可是你第一次說話呢！」

「喔……那麼……」我抓抓頭，有點不太確定的問：「所、所以我要先脫衣服嗎？」

韓太妍停下手邊的動作，縮到一旁去雙手抱著自己，好像我剛才的話已經對她構成性騷擾一樣的喊：「你、你脫衣服要幹嘛啦！」

「呃……不、不是啦！」我繼續抓抓頭，但卻被她這可愛的舉動逗得笑了出來，「唉唷……就是，那個身體檢查不是都要脫上衣讓妳看嗎？我在電視上面看到的啦……」

「原、原來如此！」韓太妍搖搖頭，鬆了口氣之後用扇子掩嘴笑了出來，說：「呵呵～不用啦！我要檢查你的魔力，做一點簡單的基礎判斷啦！不用脫衣服。你要是真的脫衣服，我會叫的喔！」

雖然韓太妍的國語很爛，但她現在的行為舉止真的如同她一開始所宣告的一樣，她沒有因為我是藤原綾的男朋友就跟著連我一起度爛下去。這也真正的消除了我的緊張感。

而且，不得不特別強調一下，這韓太妍本來就很漂亮，身材又好，根本就可以巴掉演藝圈一大堆長得跟複製人一樣的韓星。剛才那個笑容，比起之前在餐廳那個「哦呵呵呵呵」的逼機笑臉來說，更是美不勝收。

韓太妍笑著，又從包包裡面拿出一枝筆，遞給我，同時把資料推向我說：「這份是你的個人資料，空格的地方等等我會在檢查結束後填……咦？我以為你跟我一樣大，結果你好像比我大一歲。」

韓太妍說到這裡，就轉頭看著我笑著說：「所以～我可以叫你佐維哥嗎？」

她突然插這麼一句話進來，我真的有點受寵若驚啊！我繼續抓著快被抓破的頭皮問道：「咦？這樣會不會有點那個……」

「唉唷～難道真要一直叫你陳先生嗎？」韓太妍保持著優雅的微笑說：「呵呵～畢竟在合作任務的期間內，我們也算是同事。所以囉～不要把距離搞得太疏遠，對於合作的時候會比較有幫助吧！你說是不是呀～佐維哥？」

「呃……啊哈哈～」

嗚嗚！這韓太妍真的好漂亮又好有氣質又好可愛喔！雖然國語很爛，但聽久了竟然意外的產生一種反差的萌點啊！比起我家那個凶狠的平胸社長，韓太妍根本好了不知道幾百倍啊！

我點點頭說：「妳說什麼就是什麼啦～我沒意見，真的。」

韓太妍很滿意的點點頭，然後把摺扇合起來，說：「呵呵～那佐維哥！你先把資料上面的基本個人資料部分確認一下，如果都沒問題了，麻煩你在最後面的空格簽名。」

「嗯嗯。」

我把基本資料……說實在的，這份基本資料根本一點都不基本，超深入的啊！竟然連我爸媽的名字、我妹的名字還有他們的年紀等等的資料都列上去了。我完全不知道他們調查我妹叫做陳怡恩還有這傢伙今年十七歲的資料出來，跟我的五行劍法猛不猛有什麼直接關係啊！

總之，確認資料無誤後，我就在韓太妍要求的位置簽下自己的姓名，把資料交回給韓太妍。

「佐維哥的字很好看。」韓太妍若無其事的稱讚著，讓我不小心又心花怒放了起來。接著她把資料放回桌上，然後說：「那我們開始吧！佐維哥，可能會有點痛，但請你不要亂動，忍耐一下。」

「喔。」我點點頭，說：「妳來吧！我撐得住！」

韓太妍又笑了出來，接著臉色一變，目光如炬，手起扇落。電光石火之間、迅雷不及掩耳之際，她手中的摺扇變成了黑色的閃電，迅速往我身上招呼過來，就聽見「撲撲撲撲撲撲！」幾個悶響，我身上幾個重要的穴道全都中了一扇。

這還沒完，韓太妍點完我的穴道後，再把扇子張開，往我的天靈蓋拍了下去。這一扇拍落，我就感覺一股奇異的暖流自我天靈蓋注入，所謂醍醐灌頂差不多就是這樣的意思。那股暖流自我的頭頂往身體方向開始蔓延，連接了剛才先被韓太妍點過的穴道後，再在我體內旋轉了幾圈，最後才又回到頭頂，回到扇子內。

我描述的好像它跑很慢，其實不然，整個過程大概不超過三十秒。但這短短的三十秒內，韓太妍已經滿頭大汗、氣喘吁吁，感覺好像剛跑完一百公尺衝刺一樣。

最後，在她把扇子收回去的瞬間，我頭頂和剛才被點的那幾個穴道，竟然同時爆發出激烈的疼痛！痛得我全身縮成一團，痛苦的摔到地上去打滾！

「呼呼……佐、佐維哥……痛一下而已吧？你……會不會太誇張了點……呼……」韓太妍癱在沙發上，一邊用扇子搧風，一邊露出無奈的笑容說著。

痛苦來得快、去得也快，雖然一瞬間爆發出來真的痛到讓人想要一刀把韓太妍劈死然後自殺！不過很快我就又恢復正常，可以一邊揉著自己身上那幾個穴道，一邊哼哼唷唷的爬起來，跟韓太妍一樣無力的癱在沙發的另一側上。

我癱在沙發上，剛才的痛苦讓我全身大汗、四肢無力。不過沒什麼事情的韓太妍看起來好像也跟我差不多，我便一邊喘氣一邊問：「……呼……呼……妳怎麼好像很累啊……」

「你以為是為什麼啊？」韓太妍瞥了我一眼，然後從提包內拿出手巾拭去臉上的細汗。整理好儀容，恢復一開始那個有氣質又優雅的大小姐之後，她就低頭開始填寫桌上的資料。

但寫沒兩行，她才像是想到什麼一樣，把自己的手巾遞給我，說：「你也擦一下吧！滿頭大汗，又痛，感覺比我這個施魔法的還辛苦，呵呵～」

我沒多想，接過手巾道了謝，就拿來擦汗。

我一邊擦汗，韓太妍那邊也沒閒著，開始針對資料上的魔法資訊問我一些簡單的問題。例如：

「你的魔法系統是五行劍法？」

「接觸魔法的時間真的才兩個多月？」

「那你比較擅長什麼類型的魔法？」

諸如此類的基本相關問題，問了滿多個。但問到後來，她也開始問些跟魔法基本上不相關的問題。

「佐維哥你本來不是魔法師，是碰上小綾之後才被拉進這個世界的吧？」

我點點頭，說：「嗯啊！本來我的職業是大學生或者臭酸宅，結果碰到藤原綾就變成了魔法師了。不過也沒啥好說嘴的啦～到現在為止，我也不覺得我可以靠魔法幹些什麼，因為我的魔力強度太差了。」

與其說是太差，不如說根本就是零，我自己很清楚。但在大正妹面前，還是別把自己說得這麼破爛，保留一點面子。

「嘻，與其說是太差，佐維哥你的魔力根本就低微到接近測不出來啊～」

「……對啦。」

韓太妍笑著把資料拿起來，躺到椅背上，改用比較隨性的姿勢坐著。

「你也有妹妹啊？」

「嗯。」我點點頭，說：「對啊……上面不是有寫？」

「我知道，就是看到才問的。」韓太妍看著我，一雙美目水波流轉，看起來在優雅的氣質之外，更增添幾分楚楚動人。她笑了笑，然後才問：「你跟你妹妹的感情好嗎？」

「不好。」我白了韓太妍一眼，搖搖頭說：「這傢伙很北爛，以前超愛跟我搶電視看！說話也超白目！我跟她常常吵架。」

「是喔……感情真好。」

「靠！妳耳朵有問題啊？都說了常常吵架，感情還會好喔！」

韓太妍笑了笑，把資料放下來，說：「這樣很好啊。我跟哥的感情也很好。畢竟從小就都是他照顧我到長大的。雖然有時候感覺他比較關心小綾，不過……嗯！我還是最喜歡哥哥了唷～」

諸如此類的閒聊，讓我對韓太妍的印象完全改觀。對她那種害怕的感覺也消失的無影無蹤。不但如此，還得知了她跟藤原綾從小的恩恩怨怨。

然後我就發現，藤原綾幾乎從小就輸韓太妍輸到大，只有贏在嘴皮子上而已。甚至我還發現，原來藤原綾和韓太賢兩人之間，根本就是誤會一場。他們兩人根本就沒啥婚約，都是藤原綾自己想太多。韓太賢早在韓國就已經有婚配對象，因此他對藤原綾的感情就真的只是像他自己所說的，當成另外一個妹妹看待而已。

只是因為誤會，藤原綾就可以討厭人家這麼久，這傢伙果然個性偏差的很厲害。

聊著聊著，話題一轉，就轉到我身上了。不過，因為我自己小時候就很普通，不像她們從小就在魔法世家裡長大，過得那麼轟轟烈烈，因此，真的要講，我也不知道要講什麼出來。

所以我也只好把從小到大發生過的一些糗事、生活瑣事，甚至是家鄉美食、地方小吃等等，統統亂七八糟的說過一次。但這些連我自己都覺得很無趣的事情，韓太妍卻表現的一副聽得津津有味的樣子。

「其實我很羨慕像佐維哥你這種普通人。」韓太妍說。

「很無聊耶！一點都不刺激！」

「平平安安的，最好。」韓太妍語氣聽起來有點無奈，說：「我們從小就被逼著學習很多魔法，還得要完成學業，根本就沒有自己休息的時間。而且，也是因為魔法的關係，所以哥哥才會跟我比較疏遠。還有，雖然我很討厭小綾，但我也常在想，若我跟她都不是魔法師，或許我們會是好朋友也不一定。」

「啊～她那種北爛個性，很難跟人成為好朋友啦！」

「呵呵……可是說到底，你還不是當了她的男朋友嗎？沒那麼糟糕的，對吧？」韓太妍笑著反問。

其實我不是她的男朋友啊！又不是自討苦吃！雖然她長得很可愛，可是個性很偏差妳也不是不知道啊！什麼沒這麼糟糕？超級糟糕的好嗎！

韓太妍笑得很開心，大概她有讀心術能看穿我在想什麼吧！

她搖搖頭，嘆口氣，說：「佐維哥，等我們結社的任務結束之後，你可以帶我去逛夜市嗎？」

「咦？」

「人家是第一次到臺灣呀！可是這次來這裡，我不是留守在飯店幫忙照顧結社成員，就是往【組織】辦公室的方向跑，都沒有時間可以去逛逛。回去之後，以後也不知道還有沒有機會能來玩。所以……你能帶我去逛逛嗎？佐維哥？」

要不是因為她中文真的太爛，讓人會有一種出戲的感覺。這番話應該是她在約我吧？喔喔！成為魔法師之後，桃花運變燦爛了也不是壞事啊！雖然妳中文很爛，可是妳真的超正的啊！

我是先答應下來，不過我也不敢亂開支票。畢竟要是被藤原綾知道我帶著她的死對頭去逛夜市，她八成會讓我下地獄。所以也只能勉強的說好。但就算只是這樣，韓太妍也顯得非常開心。

然而，這卻讓我想到一件事情。

「欸對了，你們到底來臺灣幹嘛的啊？」我問。

「嗯？」

「呃，就……你們不是幾乎整個結社最菁英的魔法師都帶來這邊了？沒事帶這麼多人過來，妳又說妳幾乎沒有出去玩的時間，那你們到底是來幹嘛的啊？總不可能真的只是因為聽說藤原綾的結社經營失敗，才趕來伸出援手的吧？更何況你們根本是來到這裡之後，才發現那傢伙出來自己組結社了耶！」

韓太妍笑了笑，聳聳肩說：「我們結社來臺灣是來找人的。」

「……找人？」我皺眉，追問道：「呃，找什麼人？」

「我父親。」韓太妍一邊輕輕的搖著扇子，表情有些複雜的說：「哥哥之所以能當上社長，其實是因為父親大人失蹤了。」

「咦？」

聽到這個理由，反而換我驚訝了。我沒料到他們來臺灣的理由這麼悲壯啊！人家老爸失蹤了肯定很難過，我這問題好像很不禮貌耶？

「佐維哥不用太緊張！沒關係，也沒什麼不好說的。」韓太妍苦笑，說：「其實我並不是這麼關心父親大人。因為從小我就是讓哥哥帶大的，跟父親比較疏遠。我跟他的關係扣掉血緣外，其實比較像是……一般結社的社長和員工這樣的關係。」

韓太妍的笑容是真的有些苦悶。

魔法師的家庭壓力總是比一般人想像的大，也不像大家所認為的美滿。藤原綾雖然有美惠子阿姨罩她疼她寵她，但說到底，她的老爸也是因為魔法的原因而拋棄了她們。而韓太妍雖然沒有明講，但剛才的閒聊以及她所說的自己與父親的關係，我也猜測她因為魔法的關係，沒什麼享受到家庭的天倫之樂。

這樣想想，也難怪她會羨慕像我這樣的人，甚至連我很常跟妹妹吵架的事她都羨慕。

韓太妍嘆了口氣，繼續說下去。

她的父親是【大宇宙結社】的前任社長，一個月前突然無故的失蹤。也因此，才會讓年紀輕輕的韓太賢——雖然比我年長，但事實上韓太賢好像才二十六、二十七歲左右——接任社長職位。

接任社長職位的韓太賢，第一件任務就是調查父親失蹤的原因，後來才發現，父親似乎在失蹤前被人目擊到曾經在山上被另一個人追殺。沿著這條線索下去調查，也不知道怎麼查的，韓太賢就這麼一路找到臺灣。於是他便率領著結社裡最菁英的魔法師來到臺灣，不但要找失蹤的父親，更要找到害父親失蹤的凶手。

當然，這件事情並沒有正式向【組織】報告，僅是口頭上告知美惠子阿姨，希望到時候【組織】不要介入這件事情，他並不需要【組織】的幫助。

「嗯……」

我點點頭，總覺得這件事情似乎並不單純。雖然這理由好像很正當，但感覺內容很矛盾。如果父親失蹤這件事情這麼重要，那為什麼不希望【組織】幫忙？而且，我看韓太賢現在好像對於藤原綾結社經營失敗的案例，以及對於我這個神劍傳人都還比較有興趣，畢竟要不是我有問，我還真不知道他們結社原來是為了這麼悲壯的理由才來臺灣的。

「呵呵……佐維哥在想什麼呢？」

我搖搖頭，笑著說：「沒、沒有啊！只是……嗯，也沒啥事啦！」

「呵呵～那我看時間也不早了，你要不要先回去休息呢？」韓太妍恢復了原本的優雅氣質，說：「不然，依小綾那種個性，我怕佐維哥回去會有罪受呢～」

提到藤原綾，我突然驚嚇了一下。看看時間，這歡樂的時間過得特別快不是騙人的啊！我本來以為我們才聊半小時左右，結果看時鐘才知道竟然已經過了兩個多小時啊！

「應該沒關係啦～」我抓抓頭，說：「是應該要回去了，不過我是來做身體檢查，又不是做壞事！藤原綾她應該不會生氣啦～啊哈哈……那，韓小姐，我先……」

「佐維哥！」

韓太妍突然打斷了我的話，用一個故作生氣的可愛表情說：「我一開始就有說過了喔！叫人家『太妍』就好了。叫韓小姐很奇怪唷！」

「喔～啊哈哈～嗯嗯。」我點點頭，站了起來，說：「好啦！太妍，那我先回去休息了，妳也別太晚睡，晚安。」

「嗯，佐維哥晚安。」

離開了房間，我覺得心情非常的愉快。大概是因為跟正妹聊天聊開了，而且又多結交一個正妹好朋友，所以很開心吧？甚至這個正妹還想約我一起去逛夜市耶～～

果然！加入魔法師，桃花運就跟著來了，我的春天好像真的來了啊！比起BL戰神和督瑪公主這兩個同樣對我有好感的人來說，他們一個是男的，一個是國中生，不管怎麼比，韓太妍都比他們好上兩萬倍不是？哇哈哈哈哈……

「你在開心什麼啊？我親愛的男、朋、友～」

然而，當我回到客房，打開門看到韓太賢正在和藤原綾討論桌上的文件，聽到藤原綾那用充滿殺氣的甜美音調喊我的時候，我突然感覺到什麼叫做樂極生悲！

「聽說你跟太妍兩人在小房間裡面一對一做身體檢查，去了這麼久，想必是檢查的很仔細囉？」藤原綾坐在沙發上，蹺著二郎腿，雙手交叉在發育失敗的胸前，笑容滿面的說著。

感覺到現場氣氛不對勁的韓太賢也趕緊站起來，表情有些尷尬的轉頭對我用唇語說「抱歉」，然後瞬間離開房間。

「那個……太、太妍她檢查的比、比比比較仔……仔細啦……啊哈哈……」

「你騙鬼啊！騙人沒做過魔法測驗了是不是？【組織】的官方測驗都不用這麼久了你跟韓太妍那傢伙需要檢查這麼久？蛤！還笑得這麼開心？你剛才是不是直接喊她太妍啊？你死定了你！看我怎麼教訓你這個背叛者啊！去死吧啊啊啊啊！」

NO.005

侵略～侵略～侵略～侵略～

隔天一早，藤原綾就穿戴整齊，打扮得漂漂亮亮的要出門。我還躺在沙發上慵懶的享受柔軟的沙發床的觸感，看她要出門，就問：「妳要去哪啊？」

藤原綾瞥了我一眼，「哼！我要跟太賢哥回【組織】辦公室去投標任務啦！哼！」

「……一大早火氣就這麼大，不太好吧？」我苦笑著回應。

「關你屁事啊！哼！」藤原綾白了我一眼，然後就嘟嘴臭臉離去。

這大概就是別人所謂的情侶冷戰吧？可是我很無奈啊！我和藤原綾又不是真的情侶，冷戰個毛啊？

總之，在藤原綾走掉之後，我也趕緊去刷牙洗臉。難得來五星級飯店住，當然要吃這邊的高級自助式早餐啊！平常哪有機會吃這個？更何況還是別人請客啊！要不然我今天早上十點才有課，我哪可能這麼早起咧？

換好衣服，拿著房卡往餐廳的方向移動。到餐廳把房卡交給服務人員，他就領著我入內用餐。雖然現在景氣不好，但這間飯店的生意似乎還是不錯。現在是非假日的早餐時段，餐廳內用餐的客人卻不少，幾個靠窗視野較好的座位，早就統統被占滿了。

「服務生，這邊。」

就在服務人員領著我找空桌的時候，一個很破爛的中文傳來，吸引了我們的注意。轉頭看去，就看到靠窗邊的一個座位上，一個穿著波希米亞風格連身長裙的美少女，正朝我們這邊揮手。而她不是別人，正是韓太妍。

一大早就看到韓太妍，讓我心情還不錯。而她既然要讓我過去跟她一起坐，我也從善如流的直接走過去那邊坐下。

「佐維哥早安。」

「嗯，太妍早安。」

簡單問候之後，韓太妍端起杯子，就口啜飲了一口咖啡，才關心的問：「你昨天回去……聽說很慘。」

「啊？妳聽誰說的？」

「我哥。」韓太妍吐吐舌頭，說：「他昨天晚上來找我拿你資料的時候，說小綾好像很生氣。所以我就……嗯，有點擔心～呵呵！」

「靠！擔心妳還這麼光明正大的叫我過來跟妳同桌，妳根本想害死我吧？」

「哪有！」韓太妍搖搖頭反駁，然後又嘆口氣說：「只是……佐維哥是我在臺灣交到的第一個朋友。如果這樣會對你造成困擾……那，太妍也只好……」

「也、也不會困擾啦！」

嗚嗚！韓太妍現在的表情根本犯規啊！為什麼這麼棒的女孩剛好跟我家社長是死對頭啊？妳比藤原綾好兩萬倍以上啊！

在用餐的時候，韓太妍問我能不能帶她去逛逛，因為今天韓太賢去【組織】做任務投標，她很難得的有半天的休息時間，想要我陪她去走走。不過我待會要上課，而且是微積分。我的微積分要是又被當掉，我乾脆自辦休學回老家種田算了！所以，雖然我很想留下來陪她去走走逛逛，但也只能含淚說掰掰。

「不然我也陪佐維哥去學校看看吧！」韓太妍笑著提議。

「咦？」

「呵呵……昨天人家不就說了，我很羨慕像佐維哥這樣普通人的生活嗎？」韓太妍又喝了一口咖啡，說：「你就帶人家去體驗體驗所謂的大學生活，不行嗎？」

我真的差點就要同意下去了啊！但不知道為什麼，只要一想到藤原綾可能會抓狂，我就搖搖頭拒絕掉。而且也不只是藤原綾啦……真要是帶韓太妍去學校上課，被我那些豬朋狗友看到，尤其是被偉銘和宅月這兩個傢伙看見的話，我大概會被傳得很難聽。

所以，最後我還是咬牙忍痛，轉身孤單的在上課的路上走著，一個人面對微積分無情的挑戰。

⊕⊕⊕　　⊕⊕⊕

結束了一天的課程，我騎著機車回到飯店的時候，藤原綾已經坐在客廳了。她瞥了我一眼，悶哼一聲後，就繼續看她的電視。

看來她還是想要跟我冷戰，但我可不想。這情況也不是第一次發生了，我不煩讀者都快看到摔書了啊！所以該怎麼處理，我也算是有經驗。

「那個……今天妳跟韓太賢出去投標任務，結果順利嗎？」

「嗯。」藤原綾點點頭，繼續看著電視。

「那我們接下來要怎麼辦？」我邊說邊往沙發走過去，在藤原綾的另外一側坐下。

「等人家安排。」

「妳吃飯了嗎？」

「還沒。」

「要不要一起吃？」

「不想。」

「……欸～妳是不是以後都不想跟我說話了？」

藤原綾轉頭看了我一眼，然後哼的一聲，說：「哼！你明知道我最討厭韓太妍那女人，昨天晚上還跟她聊得那麼開心！這麼愛跟她聊天，以後你都去跟她聊天，不要找我說話了啊！」

「唉唷～也沒有那麼愛跟她聊天啦……我還是比較喜歡跟妳聊天。真的啦～妳都不理我，我覺得很難過。」

老實講我覺得是很難過，不過那也只是因為我不想整天面對一個臉臭臭的女人罷了。基本上只要在這種時候我裝得乖一點，然後說她幾句好話，批評幾句自己的不對，或者批評幾句讓她生氣的主因，她很快氣就消了。

這就是我跟她住在一起這麼久還能活著的最大秘訣。

「……知、知道錯了就好！」

藤原綾還是嘟著嘴，但語氣已經沒有剛才那麼硬了。她說：「本、本小姐可沒這麼容易就放過你呀！要是每次都這麼簡單就原諒你，你遲早會爬到我頭上的！哼！我、我跟你說啊！我要去吃飯！你要吃就吃，不吃就別跟過來，再見！哼！」

說完，藤原綾站起身來離開了房間。

我則是笑了笑，也跟在她身後一起去餐廳吃飯。

吃完晚餐，我和藤原綾兩人回到房間看電視。但才看沒多久，馬上就有人過來敲門。

我把門打開一看，又是韓太賢。

「佐維，小綾有在嗎？」韓太賢問。

「嗯，在。」我點點頭，說：「你找她有事情？」

韓太賢笑了笑，說：「不是，我想找你們兩個過去我那邊一起開會。我打算今天晚上就去解決這次的任務。」

「喔喔！那你等一下，我跟藤原綾說一下。」

向藤原綾說明情況之後，我們兩人就跟著韓太賢離開，到他的房間開任務行前會議。

韓太賢的房間是這間飯店裡最高級的總統套房。雖然我沒有進去臥室的部分偷看，但光從客廳裝潢的氣派、豪華程度，就能感受到這裡一個晚上肯定所費不貲的霸氣。

要討論晚上的任務，我已經做好肯定不會只有找我們過來的心理準備。不過沒想到，除了我們以外，韓太賢竟也只多找了韓太妍過來。至於其他那些號稱【大宇宙結社】的菁英魔法師，連半個人都沒看到。

「小綾、佐維，隨便坐就好。」韓太賢笑著指向客廳的沙發，同時對韓太妍說：「太妍，去泡茶過來招待他們，別讓人家看我們【大宇宙】待客之道的笑話。」

韓太妍聽到命令，就站了起來要去泡茶，但還是不忘記嘴巴上調侃藤原綾幾句：「只怕破產的人喝不慣我們這邊這麼高貴的茶葉，等等吐了就浪費囉～」

「我看妳也別忙了，只怕妳會親手毀掉那些高貴的茶葉呢～」藤原綾毫不留情的回嘴，然後兩人互瞪一眼，就各自「哼！」的一聲，誰也不理誰了。

幸好她們這次沒有相見甚歡的吵個不停，要不然她們再多說幾句，我看任務也別去了，聽她們吵架就飽了。

等我們都就定位，韓太妍也把茶水倒進杯中分給眾人之後，韓太賢就宣布要大家嚴肅認真，這次任務的行前會議才正式開始。

這次的任務現場是在臺中某區海邊的一個廢棄鐵皮屋。這裡本來是個開在海邊供遊客休息的小商店，結果後來有一個從海裡面跑出來說要征服人類的妖怪，把這裡搞得烏煙瘴氣。後來經營商店的人跑了，遊客也不來了，原本一個好好的旅遊景點就這麼荒廢掉了。

而那個說要征服人類的妖怪，現在把那鐵皮屋當作根據地，在裡面修煉著。不過修煉也沒有很久，大概才修煉了半年，【組織】就接到消息，派人——也就是接下任務的我們幾個——過去要消滅這個妖怪。

「……現在都什麼年代了，還有妖怪想要征服人類啊……」我抓抓頭，對於這麼老派的反派設定感到非常無力，小小聲的躲在後面吐槽。

把任務說明完畢之後，韓太賢就要開始進行任務的分配。

「根據我手上的這份資料，以及今天去【組織】請阿姨幫忙調閱的魔法資料顯示，我個人已經先幫大家安排了各種工作。只是我希望大家可以好好配合。有什麼問題希望大家在聽完之後能馬上提出，我才方便修改。」

不得不說這韓太賢真的頗有所謂的領導人魅力的。雖然說他這社長的位置是因為他老爸失蹤而被迫趕鴨子上架的結果，但分配事情的能力和談吐以及那種氣勢，都完全不像是個剛接大位的新主。反觀另一個小結社的女社長，也難怪會把結社經營到破產。

「我先說，我想跟佐維一組。」韓太賢很認真的向眾人宣布。

然後大概所有人都暫停了一秒，才同時發出了「咦咦咦咦咦？」的叫聲。

靠！他真的說了啊！他想跟我在一起啊！不要鬧了啊大哥！你知道我現在最怕的就是BL了啊！你沒事就對我淫笑一下，笑得我心裡面發寒啊！

同樣覺得奇怪的不只是我，藤原綾和韓太妍也同時發出抗議，異口同聲的大喊——

「我才不要跟那女人一組咧！」

真的是異口同聲、一字不差，兩人默契十足，喊完的同時還對看一眼，接著又「哼！」的一聲零時差轉頭。

這個提議遭到眾人否決，韓太賢很難得的皺眉，問大家：「怎麼了？這樣子分配不好嗎？」

「不好！不好不好不好！」韓太妍搖搖頭，說：「哥你幹嘛一定要這樣分啊？你想跟佐維哥一組，但我不想跟死藤原綾一組啊！」

藤原綾也不滿，向韓太賢抱怨說：「我才不想跟死韓太妍一組咧！太賢哥！請你解釋一下這樣分組的理由到底是為什麼好不好？」

聽到要韓太賢解釋，我就有點矛盾了，雖然我也很想聽他要跟我一組的理由，但我更怕聽到他會突然告白啊！

我好不容易才因為你妹妹，讓我忘記你這傢伙可能又是一個愛搞BL來的，結果你幹嘛硬是要讓我想起來呢？

韓太賢笑了笑，說：「我剛才說啦！是根據昨天調查的資料，以及請阿姨調閱出來的小綾的魔法資料啊！」

「就、就算是這樣，我們也還是不知道為什麼要這樣分組的理由啊！」藤原綾說道。

「是因為『魔法相性』。」韓太賢笑著，說了這麼一個新名詞出來。

這還真的算是一個新名詞，因為傳統的魔法書上，並不會特別介紹這種東西。我跟著藤原綾學習的魔學常識，很多都是跟著古代的舊理論魔法在跑，因此對於魔法相性的概念，我了解的並不非常透徹。但大體上來說，也不算難以理解。簡單的說，就是魔法與魔法之間要如何「配合」才會完整的理論。

前面有提過，傳統魔法師結社都是基於一種魔法來開宗立派，所以他們對於其他魔法的研究很少，甚至要這麼講，與其說是研究很少，不如說是根本不屑去研究。每個人都覺得自己的魔法才是這世界上最強大的魔法，我幹嘛去跟別人配合？真有其他魔法出現，那也不需要其他語言，就是戰你娘親的戰下去吧！把其他人都戰倒戰敗，那不就只剩下自己這最強大的魔法了？那還需要研究什麼？

魔法相性的概念是一直到了近代，複合式魔法的興起之下，才產生的一門學問。因為複合式魔法非常講究魔法之間的平衡與互補，他們不可能明知道兩種魔法互斥還硬要把他們合在一起搞自爆吧？所以在複合魔法之前，就要先研究不傷身體，再來講效果，也才有了研究所謂魔法相性的概念產生。

韓太賢笑著向眾人解釋說：「佐維的魔法系統是戰鬥型，但他的魔力並不算高強，所以他會比較需要有強力輔助魔法的幫忙，才可以發揮出百分之兩百的戰鬥力。小綾的魔法系統當然也是戰鬥型，可是妳的魔力非常高強，因此就算不和輔助型魔法搭配，也能夠自己面對許多妖怪魔物。」

「所以我和佐維一組，是因為我要用我自己的『天神道魔法』來輔助佐維戰鬥。憑我的戰鬥經驗與技巧，相信可以跟佐維產生很大的化學效應……」

「等等，等一下啦！太賢哥！」

藤原綾打斷了韓太賢的話，指著我說：「太賢哥！我跟死陳佐維本來就是同一個結社的成員，我們之前也已經有許多合作的經驗了啊！你這樣隨便亂分組，硬是把我跟死韓太妍分一組，只會害我們的任務效率降低啦！」

韓太妍聳聳肩，說：「與其說是降低，倒不如說是我會被妳扯後腿吧？」

「誰拖累誰還不知道呢！」

「妳……」

「夠了夠了！」

眼看兩人又要吵起來，韓太賢趕緊出口制止兩人，說：「如果妳們真的不願意這樣分配，那就別這樣分配了。我還有別的方案。總之，我的作戰計畫很簡單，到時候我們需要有一個人在外面布置結界，以防外人侵入。再來我們需要有誘餌，進入鐵皮屋把裡面的妖怪引到外面的空地。最後我們需要有人施展強力法術，將妖怪擊倒。現在，你們說說看，除了小綾以外，誰有能耐可以施展強力法術，一次將妖怪擊倒的呢？」

這個簡單的問題問出來，我們三人就妳看看我、我看看妳，誰也不說話。

我自己是沒啥資格說話啦！因為我從來沒有成功施展過魔法，就更不用說什麼強力法術。韓太妍不知道為什麼不嗆聲，但她不說話的原因八成是贊同了韓太賢的說法。至於直接被點名的藤原綾，當然更不可能說自己辦不到，憑她那愛面子的個性，就算真的辦不到，也會硬著頭皮先做看看再說。

「所以，小綾就要在鐵皮屋外面等候，因此我們需要一個人跟小綾一組，而這個人負責的就是要製造結界。小綾，如果妳不跟太妍一組，難道妳跟佐維一組，他可以幫妳製造結界嗎？」

這問題也非常的尖銳易答。

身為一個專長是破壞結界的人，我怎麼可能會製造結界呢？

「所以，我們現在就只能……」

「哥！」

就在這個時候，一直沒說話的韓太妍說話了。她打斷了韓太賢的話，然後走到我身邊，說：「我跟佐維哥一組，這樣問題就解決啦～」

韓太賢愣了一下，然後皺眉說：「……雖然這也是辦法，但昨天妳才害他們吵架，今天妳還要再害一次？」

韓太妍看了看我，又看了看藤原綾，然後露出挑釁的笑容對藤原綾說：「我猜小綾不想讓我跟佐維哥靠太近，大概是因為怕我比她有魅力，會不小心把佐維哥拐跑，對吧？小綾～」

藤原綾臉上青一陣白一陣的，非常不服氣的說：「誰、誰沒魅力啊！死陳佐維愛我愛到不行啊！哼……就、就先讓他跟妳同組啊！誰怕誰啊！哼！」

於是，就在這種莫名其妙的情況之下，我們的分組成立了。我和韓太妍一組，藤原綾和韓太賢一組。

分組完畢之後，我們就一起坐著藝人趕通告用的麵包車，前往任務的案發地點。

⊕⊕⊕　⊕⊕⊕

到了案發地點，韓太賢再度將眾人的任務確認過一次後，大家就各自行動了。

雖然藤原綾嘴巴上說得好像很放心讓我和韓太妍一組，但說到底，她還是有在關心社員身體健康的。所以她在去準備之前，還特別先過來我這邊關心。她要我自己小心一點，因為這次她不在我身邊罩我，碰到危險就別勉強自己。

不過這些話還沒完全說完，韓太妍就笑嘻嘻的跳出來說有危險她會保護我，叫藤原綾趕快去做她自己的工作，不要妨礙我們。

因此，我就被藤原綾扁了一拳，還說回去之後要走著瞧。

我突然覺得這韓太妍根本存心惡搞我啊！她八成是覺得藤原綾怎麼可能找到這麼帥的男朋友而心生不滿，所以才會故意一直激怒藤原綾，想要讓她親手把我殺死啊！好歹毒的女人啊！

藤原綾和韓太賢各自離開後，我與韓太妍也準備要進入鐵皮屋了。但就在這個時候，韓太妍卻拿出摺扇，然後把我叫過去。

「怎麼了哎呀！」

我正想發問，韓太妍卻突然用扇柄用力的捅進我雙邊的眼窩。手法之快，幾乎是同時就插進兩邊的眼窩。但其實我並不痛，只是嚇到而已。而且不但不痛，被她捅過之後，我突然覺得視線非常的清楚。

但我還是覺得很恐怖，她這樣說插就插，誰知道下一秒她會不會真的把我插死啊？

我驚魂未甫的問：「妳……妳在幹嘛啊？」

「這是我的魔法『天醫道』。」韓太妍自信滿滿的說：「用中醫『針灸』的原理，結合我們結社的魔法系統，將我的魔力注入你的穴道，可以短暫提升你各方面的能力。比方說剛才是暫時提升你的視力，讓你等等在裡面比較黑暗的環境中，可以看得比較清楚。」

我揉揉眼睛，視力是有成長沒錯，但她戳的可是我肉做的身體啊！而且這哪是針，妳整把扇柄都捅進來，弄不好肯定會把我眼珠戳爆啊！

我苦笑著說：「太、太妍啊！妳下次要插我之前，可不可以先跟我說一下啊？」

「咦？」韓太妍有些嚇到，她說：「怎麼了？不舒服嗎？我下手很準的吧？」

「也、也不是不舒服啦！雖然不會怎樣，但心理壓力很大啊！妳想想看嘛，要是我說都不說一聲，突然衝到妳面前插妳，妳被插的那瞬間肯定不舒服啊！」

「呃……嗯。」韓太妍俏臉一下子緋紅起來，她紅著臉說：「好、好啦！那佐維哥，我先幫你把該扎的穴位都扎一扎吧。」

「嗯。」我點點頭，說：「那妳插快一點……雖然被妳插很舒服，不過視覺效果上還是頗恐怖的，來吧！插我吧！」

「唉唷！是扎！不是插啦！吼！」

韓太妍發出嬌羞的吼聲，同時快速的用扇子往我的手臂、大腿、胸腹、額頭等地方都捅了下去。接著她也往自己眼睛插了兩下，才快速的往鐵皮屋的方向跑去。

我也趕緊跟了過去。

但就在這個時候，神奇的事情發生了！我移動腳步的速度竟然比平常快了許多。我覺得呼吸非常的順暢，腦袋非常清醒，身體非常輕盈。我還不自覺的停下腳步，看了看自己的身體，確認真的是因為魔法「扇」灸的關係而變得如此歡樂，我才再度啟程，追上韓太妍的腳步，衝進鐵皮屋內。

這個扇灸這麼神奇，我打球前請太妍先來幫我插個幾下，搞不好下一個打進 NBA 的臺灣之光就是我啦！

衝進鐵皮屋裡面，看到的光景讓我嚇了一跳。除了看起來跟我是白天闖進來的亮度沒兩樣以外，最恐怖的就是……

我竟然看到一隻巨大的花枝！大概鐵皮屋有多大多高，這花枝就有多大多高。

我靠！這麼一隻巨大的花枝可以做多少花枝丸啊？

而且這看起來一點都不凶狠、不可怕，是要怎樣才能征服人類啊？難怪你龜了半年還只能龜在這小小的鐵皮屋啊！

「佐維哥！出手啊！」

我還在讚嘆這花枝精的巨大，突然韓太妍的聲音從旁邊傳來，轉頭一看，就看她手持摺扇正在戰鬥著。那把摺扇妙用無窮，除了插人可以增加精力外，竟然還可以插怪！就看韓太妍她這邊插一下、那邊捅一下，朝她揮過來的觸手就這麼被強制定在半空中，好像電影裡面的「點穴」一樣。

不過這招似乎除了能暫時停止怪物行動外，並沒有太強大的破壞力。所以她插了兩、三下之後，還不忘記轉頭看著我又喊一次：「佐維哥！你在發什麼呆呀！快點啊！」

「OK啦！」

開玩笑，原本這花枝精的造型就已經沒有太大的視覺震撼，這花枝就算變大了，牠還是花枝啊！是有多可怕啦？更何況，韓太妍她的點穴可以把花枝怪的行動牽制住，對我的威脅又更小了。於是我信心百倍，大喝一聲，快步飛奔過去，對著其中一條停住的觸手，揮出一記金行劈擊！

「刷！」

這記金行劈擊的速度之快，威力之大，是我從沒有感受過的。我一劍就把那條觸手劈斷！劈得那花枝花枝招展的開始劇烈的反擊。

但是那些反擊在我眼中看起來，竟然像是變成了慢動作一樣。

韓太妍對我上的輔助法術真的太威猛了！我的反應本來就很快，現在竟然還快到能讓我感覺別人的動作成為慢動作？我的速度和力量還有耐力也都加強了，所以就算我的五行劍法依舊有形無實，沒辦法吸納五行元素造成魔法傷害，但光靠我的力量劈出來的物理傷害，就真的能把這花枝劈傷劈殘劈倒劈死了啊！

這隻出來領通告費還不到一小時的花枝精，就這麼輕鬆寫意的，在我和韓太妍的合作之下，被劈死了。

呃……我原本只是進來誘敵的吧？我原本應該是進來打個兩下就要戰敗，然後把怪拖出去給藤原綾放大絕招轟殺的吧？我竟然還真的有機會可以打死這種妖怪？完全靠著自己的雙手？

這一瞬間，我心裡面洋溢著滿滿的喜悅。我學魔法這麼久以來，我第一次用魔法找到屬於自己的成就感。原來把怪物打倒，親自解決任務的感覺，會這麼痛快！

「佐維哥，你在幹嘛啊？」

看我站在原地一動也不動，韓太妍疑惑的走到我面前，問：「你……你要不要再讓我捅一下冷靜一下啊？怪物已經死了，不要再緊張了唷～」

我搖搖頭，不過我卻把雙手都搭上韓太妍的肩膀，很認真的看著她。

我真的超開心的！過去兩個月來辛苦的訓練，出生入死的經驗，一切的一切的痛苦，都在這一瞬間煙消雲散。

「謝謝妳！」我說。

韓太妍把臉別開，紅著臉說：「……我真的覺得需要再給你來一下。」

我放開韓太妍，抓抓頭笑著說：「對不起啦……我太高興了！真的！這是我第一次把妖怪打倒！要不是因為有妳先幫我上 BUFF，我也沒辦法辦到啊！所以……謝謝妳！」

「唉唷，有點能力的魔法師……等等，佐維哥，你說你第一次？」

韓太妍用一種看到妖魔鬼怪的表情看著我。

我則是有些不好意思的說：「是啊……以前我們結社出任務都是我去打怪打一打，打到我自己快死掉了，藤原綾才會登場救我。所以像這樣靠我自己就把妖怪解決，還是第一次呢！」

韓太妍有些無奈的笑了笑，說：「這就是魔法相性不同吧……就像是哥哥所說的，你要跟我的天醫道或者是跟哥的天神道組隊，才能發揮最強的威力。」

老實說，在真正體會到這種感覺之前，我對魔法相性的說法也是半信半疑。但仔細想想，這才叫做真正的組隊合作吧？我之前和藤原綾的合作，根本就是我打我的，她打她的，然後她還要順便幫我打怪，根本就算不上是真正的「合作」。

也因此，才會一直到現在我碰上了韓太妍，我才終於真正有依靠自己的力量消滅對手的紀錄。

看我又想到出神，韓太妍歪著頭微笑詢問：「佐維哥，你在想什麼呀？」

「……沒。」我搖搖頭，有些無奈的說：「不過，一直到現在我才發現，原來我和藤原綾那傢伙的魔法相性從根本上就不合！呵呵……」

「呵呵……呀啊啊啊啊！」

韓太妍本來也陪我一起乾笑，但才笑沒兩聲，她突然發出淒慘的尖叫聲，然後整個人撲到我身上緊緊的抱住我。這種天外飛來的好康背後肯定有問題，所以我立刻抱緊韓太妍，問：「怎、怎麼了？」

「有蟑螂！」

韓太妍邊說，還邊往旁邊指。憑著我現在超好的視力，果然在不遠的柱子上看到一隻蟑螂……

我靠！那隻蟑螂離我們這麼遠，而且又這麼小！估計要不是因為妳先用扇子插過自己的雙眼增強視力，妳根本看不見啊！結果妳竟然怕成這樣？怕到花容失色，不計形象的緊抱著我？這有啥好怕的啊！真要我說，在旁邊那個剛好走進來的藤原綾，她的嘴臉還比較可怕啊！

……**藤、藤原綾？**

藤原綾面容非常之難看，瞪著我和韓太妍，問：「……你們在幹嘛？」

「呃……我們剛打完怪，然後她怕蟑螂……就是這樣啊！」

「怕蟑螂？」藤原綾不太相信的東張西望。

但憑她那沒加強過的視力，不要說是蟑螂了，就是現在有隻大老鼠，她都不見得能看到啊！

她悶哼一聲，說：「哼……那隻妖怪呢？」

「那隻妖怪就……太、太妍啊！先放開我啦！蟑螂走人了啦！」

我掙扎著想推開韓太妍，韓太妍則是確認過蟑螂消失了之後，才驚魂未甫的放開我。兩人一分開，我立刻跑到藤原綾身邊，抓抓頭，指著身後的那堆巨大的花枝圈，說：「被我消滅了。」

「被你？」藤原綾皺著眉頭，非常不相信的問：「你消滅了妖怪？就憑你？」

我指著花枝的手還沒放下，但面對藤原綾這樣不相信的態度，我好像被潑了一盆冷水一樣，心情有些不爽。我點點頭，說：「對，被我。太妍她用魔法幫我加強了力量，然後我們就一起合作把那隻妖怪消滅了。」

藤原綾看了看我，又看了看我身後的韓太妍和花枝圈，似乎有些欲言又止。但她最後啥都沒有說，點點頭說：「……算了，解決了就好，我們走吧！韓太賢在外面等我們。」

「嗯。」

不知道為啥，我總覺得藤原綾她好像怪怪的，因為她竟然沒有扁我！

但她沒有扁我就是好事，所以我也沒有太追究，以免會因為我的多事和多嘴，造成自己身體上的多災多難。

我們三人魚貫的走出鐵皮屋，韓太賢正在外面等候我們。他一看到我們出來，就上前來詢問眾人的情況。尤其是韓太妍，畢竟剛才只有她發出尖叫聲。但在搞清楚情況，確認眾人都沒有受到傷害之後，他也放心了下來。

「既然大家都沒事，那就太好了……佐維、太妍，你們確定已經把妖怪解決了吧？」韓太賢笑著問。

我點點頭，回應韓太賢說：「確認過……呃……其實還沒。不過應該是死了啦！」

「沒有確認過？」韓太賢問，然後他搖搖頭說：「做事情怎麼會只做一半呢？等一下你們……」

韓太賢話才說到一半，突然一陣天搖地動，還有一聲巨大詭異的吼叫聲。那聲音我從來沒有聽過，就好像是從地獄傳上來的聲音一樣。而這聲音和震動的來源，竟然是我們身後的荒廢鐵皮屋！

大家回頭一看，這才注意到，那隻花枝竟然復活過來了！不但如此，牠似乎還變得更巨大，皮膚變成妖異的黑色，變成一隻巨大的黑色花枝！

牠同時揮舞著牠的手腳，輕鬆的就把鐵皮屋拆成一堆廢鐵！接著牠朝著天空噴上一大口墨汁！大約兩秒後，這片海域便落下了黑色的雨水。

如果只是單純的黑色雨水，那其實也沒啥好害怕的。但沒想到這黑色雨水竟然具有黏性！啪搭啪搭的黏得我們四個人身上到處都是黑色的黏液。

「喝！天道祓淨．七．圓！」

就在這時候，韓太賢突然雙手一張，張開了一個小型的魔法圓陣。那圓陣就像是圓頂一樣，罩住了我們四人，免於被黏性黑雨傷害。接著他對藤原綾大喊：「小綾！快點施展妳的陰陽術！消滅這個妖怪！」

「轟！」

韓太賢話才剛說完，暴走花枝的黑色巨大觸手就轟炸過來！牠的力量比剛才強悍許多，輕輕鬆鬆就把魔法圓陣轟破！在轟破圓陣的那一瞬間，另外一條黑色觸手馬上揮來，要把失去屏障的我們一掃而空。

「五行令咒・土剋水！」

「天道尋穴・定海！」

說時遲那時快，藤原綾和韓太妍同時出手，一個用靈符、一個拿摺扇，共同抵擋了這條黑色觸手的攻勢。然後藤原綾便對我大吼：「死陳佐維！快上啊你！」

「沒問題！」

我現在的信心可說是爆表的高啊！開玩笑，不過就是變大又變黑的花枝，那也還是花枝啊！你是嚇不倒我滴！

我衝向那條被藤原綾和韓太妍同時定住的黑觸手，腳步一個踩踏，立馬揮出一記金行劈擊！

花枝變黑了防禦力也提升了！我這一劍劈下去，不但沒有如我所想像的一樣將牠劈成兩段，反而還震得我虎口發麻！不過我的腦袋時刻保持著清醒，在這一劍沒奏效的瞬間，腳步立刻進行下一階段的變化，金生水、水生木，往前一個疾刺，「木行崩擊」狠狠的貫穿過黑花枝的觸手。

結果，該死的！我的劍竟然抽不回來啊！

「啊啊啊啊啊！」

我緊抓著軒轅劍，軒轅劍牢牢的插在花枝的手上，花枝好痛，所以牠把手舉好高還帶亂揮，因此我也跟著在半空中被亂甩著，不斷的發出慘叫聲。

「陳佐維！」

「佐維哥！」

見我被那花枝亂甩，兩個女孩同時發出關心的叫聲，接著便各自展開了救難行動。

韓太妍轉身用摺扇對著藤原綾的胸口和後腦杓各扎一針，而藤原綾也在瞬間就吸納了第一個五行元素，並且唱起了咒歌。隨著咒歌的歌詞，那五行元素不斷的相生變化，越演越強。

「……中界黃麟破千軍！五行禁咒歌・土剋水！」

直至唱到最後一句，藤原綾吸納的土行元素之力已經高漲到令她不吐不快，她便將手中的靈符對著黑色花枝的本體發射！那道靈符在半空中變成一堆黃沙，同時，從藤原綾的腳邊也跟著飛射出數百、數千道的黃沙飛箭！就如同一千個弓箭手同時射箭一樣，勢如破竹、力斷千軍！

「轟轟轟轟轟！」

在黃沙飛箭的連續爆炸之下，暴走花枝的本體被藤原綾的暴力魔法轟殺的點滴不剩。

「啊啊啊啊啊～～～」

但是我還在半空中啊！那隻花枝的本體被打爆了，可是手還在啊！

我大概從半空中二十公尺高的地方直接自由落體的往下掉，看到情況不妙的人馬上就出手幫忙了。情況慌亂之中，我只注意到一個魔法圓陣在半空中張開，結果被我壓破後就消失，連一點降低去勢的效果都沒有。最後我「磅！」的一聲重重摔落到地上，在沙地上炸出一個小隕石坑。

我躺在隕石坑內，鮮血從口鼻處不斷的流出，整個頭都昏沉沉的，根本完全沒有爬起來的力氣。

藤原綾和韓太妍立刻衝了過來，兩女一左一右的圍著我，用自己的方式救我。藤原綾拿出小魔藥罐子，打開後抹了許多在手上，但因為我沒有明顯外傷，所以很顯然的她並不知道要把魔藥擦在哪裡。

就在她考慮要不要乾脆叫我把魔藥用吃的試試看之前，韓太妍已經評估完我的傷勢，用摺扇迅速的往我身上的幾個要穴戳了下去。

說也奇怪，只是這麼簡簡單單的戳個幾下，我馬上感覺自己身上的痛楚減少很多，頭也不昏了、血也不流了，就是力氣也跟著回家了。結果反而是出手救我的韓太妍看起來滿頭大汗、氣喘吁吁，感覺比我還累的樣子。

藤原綾手上還抓著魔藥，看我沒事了才鬆一口氣。不過，她神情很複雜的看了韓太妍一眼，然後把魔藥收好，才伸手扶我站了起來。

「沒事吧？」藤原綾問。

「嗯……太、太妍的魔法很厲害。」我點點頭，轉頭對韓太妍說：「那個……謝謝妳。」

韓太妍點點頭，抹去額上的汗珠，深呼吸一口氣之後，像是回氣完成了，才說：「沒什麼……我的魔法本來就是這種用途……這是應該的。」

我們三個人並肩走向韓太賢。

韓太賢是剛才唯一沒有撲過來救我的人，他現在表情有些複雜，我也不知道該用什麼字眼才能準確形容他現在的臉。

他一看到我們安然無恙的樣子，也露出了笑容，說：「呼……你們都沒事吧？」

我們三人搖搖頭表示沒事，韓太賢才點點頭說：「唉，佐維抱歉了！剛才太賢哥有張開魔法盾，想要在半空中接住你。不過不知道為什麼，你一碰到那盾就把盾牌弄壞了！所以沒能接住你，真是對不起啊！」

他這麼一講我才想到，剛才的確好像在半空中有一個魔法陣擋在我落地的路線上，但卻因為我一碰就碎了，所以一點效果也沒有。結果想不到竟然就是韓太賢為了要救我所張開的護盾。看來我的「結界破壞」這能力真的不分敵我，只要是結界、封印，甚至是概念類似的「護盾」，都會被我破壞殆盡。

馬的，真的如同藤原綾在第一集提過的一樣，這還真的是很沒用的能力啊！

大家確認完彼此的傷勢都不嚴重——事實上這個妖怪真的不強，連我都能輕鬆解決第一階段了，所以其實也只有我受到傷害——之後，就要一起回飯店休息。

但就在這個時候，遠方出現了許多人影。

這三更半夜的，這裡又是荒廢的海水浴場、荒郊野外，平白沒事出現這麼多人影，肯定不是來這邊開同樂會的。如果只是碰上夜遊的大學生那就算了，怕是怕在會碰上臺中有名的飆車少年團隊。

然而，當他們靠近之後，我們才發現他們不但不是少年，甚至還都是一些中年阿伯組成的團隊。更仔細觀察下去，我發現他們根本就是【大宇宙結社】留在飯店裡面的菁英魔法師。

看到這票魔法師出現在這邊，最疑惑的八成就是他們的社長韓太賢了。他很難得的出現了皺著眉頭的表情，走到最前面去用韓文對那群人蔥薑蒜油蔥薑蒜油的唸了一大串，像是在詢問他們到底為什麼會出現在這邊一樣。

喔對了，他不是真的在唸蔥薑蒜油，只是發音有點類似而已。

結果令人出乎意料的事情發生了！那些菁英魔法師竟然統統把身上的傢伙亮出來，然後用韓文對韓太賢鏗鏘有力的吼著。

我聽不懂他們在吼些什麼，但接下來發生的事情我可看懂了。因為那群魔法師突然出手攻擊韓太賢！他們打出一道又一道發出淡紫色光芒的魔法光束！所有的魔法師同時攻向韓太賢，打得現場煙霧瀰漫，韓太賢生死未卜。

「哥……@＃$％$＃@！（韓文）」

眼見情況有變，韓太妍立刻往煙霧裡衝刺想要救人，但藤原綾卻眼明手快的把韓太妍抓住，搖搖頭不讓她過去。

煙霧散開，韓太賢半跪在地上，身上整齊的西裝被魔法轟炸的破破爛爛。

但那群魔法師似乎沒有打算就此放過韓太賢，一看到韓太賢沒死，統統再度準備要給韓太賢一個痛快。

眼看情況突然變成這樣，韓太妍立刻掙脫掉藤原綾的手，跑到韓太賢面前，張開雙手擋在他與眾魔法師之間，並開口用韓文對那票魔法師吼了一大串。

現在情況到底是怎樣我真的搞不懂啊！我轉頭問藤原綾，看她懂不懂韓文，但她並沒有說話，只是說現在情況很奇怪，要我做好隨時落跑的心理準備。其實不用她講我也知道情況很奇怪、要隨時準備落跑了，但我還是很想知道，到底為什麼這票人要選在今天來個窩裡反啊？

韓太妍出現擋在眾人面前之後，那些魔法師就停止攻擊。接著韓太妍才又用韓文問那些魔法師問題，其中一個看起來輩分最高的魔法師站出來回答韓太妍。兩人對答到一半的時候，另一個極具威嚴的聲音，從人群最後面傳了過來。

接著，就跟摩西分紅海一樣，那些魔法師主動讓了一條路出來，讓最後面一個身上還捆著繃帶，感覺傷得很嚴重的中年阿伯走過來。

說也奇怪，這個受傷嚴重的阿伯一登場，韓太妍和韓太賢兩人都露出好像看到鬼一樣的表情。

而同樣看到鬼登場的人，還有我身邊的藤原綾。

然後她說，這個阿伯不是別人，就是韓氏兄妹的老爸！

NO.006

你想起來了嗎？

如果我沒有記錯，韓太姸曾經跟我說過，他們結社來臺灣是為了要找他們失蹤的前任社長，也就是太賢太姸兄妹的老爸。而據說他們老爸會失蹤的原因，可能是被人綁架或者是被人追殺。總之，他們來臺灣的原因，除了找老爸以外，就是要找當初追殺或者綁架他們老爸的凶手。

結果現在的情況非常莫名其妙。

他們失蹤的老爸突然身受重傷的登場了，不但如此，還反過來率領了【大宇宙結社】裡最菁英的魔法師部隊，對著韓太賢進行攻擊。

為什麼啊？沒天理啊？不是說虎毒不食子嘛？難道韓國人比老虎還狠毒嗎？

而且最重點就是，他們竟然都是用韓文對話！我真的好想知道發生什麼事情了啊！

於是我又再度問旁邊的藤原綾她到底懂不懂韓文，她眉頭深鎖，點點頭向我說明現在的情況到底如何。

她說那些魔法師攻擊完韓太賢之後，韓太姸跑出來幫韓太賢抵擋，然後訓斥那票魔法師，接著又問他們這次的行動是誰授權的？結果這問題才剛問完，他們的老爸就登場，然後回答說是他要求這些魔法師攻擊韓太賢的。

「……妳是真的聽得懂還是假的？」我問，因為現在的情況好像是臺灣八點檔連續劇那樣扯，讓我有些不敢相信。

「你很煩耶！不信我懂韓文又要問我，欠揍是不是啦？」藤原綾白了我一眼。

為了怕讀者看不懂接下來的發展，會跟我一樣一頭霧水，所以我還是硬著頭皮，鼓起勇氣，做好可能會被揍死的心理準備，要求藤原綾同步口譯給我們這些只會講中文的觀眾朋友聽聽現場狀況。

於是藤原綾就揍了我一拳，然後拉著我躲到旁邊去，開始同步翻譯現場情況給我聽。

「父親……你為什麼要這麼做？」

聽到父親親口證實了是自己下令要殺死韓太賢的時候，韓太妍不敢置信的詢問。

韓爸表情非常的憤怒，他指著半跪在地上的韓太賢怒斥：「妳自己問妳那好哥哥到底幹了些什麼好事！」

韓太妍有點夾在自己的爸爸和哥哥中間，裡外不是人的感覺。她回頭看著半跪在地上的韓太賢，問：「哥……到底是怎麼回事？」

韓太賢還是跪在原地，看著韓太妍，但卻什麼話也沒講。

「不敢說了是不是？孽子！」韓爸怒極，大吼：「一個月前就是這個不肖子親手把我推下山崖！要不是我命大被樹枝救了，老子豈不是死得不明不白？哼！太妍妳馬上給我讓開，不然我也把妳看作是這逆子謀反的共犯！」

韓太妍看了看韓爸，又轉頭看了看韓太賢，她急得眼淚都在眼眶中打轉，完全不知如何是好。

開玩笑！是我也不知道要怎麼辦啊！本來什麼都好好的，睡了一覺起來發現自己哥哥竟然是謀殺自己老爸的嫌疑犯，這種詭異又離譜的劇情，簡直比《藍色蜘蛛網》更加撲朔迷離啊！

「哥……父親說的是真的嗎？」

韓太賢抬頭看著韓太妍。

從我這個角度其實看不到他的表情，但從他的語氣聽起來，他似乎並沒有任何心理負擔的樣子。

「妳說呢？」

韓太妍淚水潰堤，她真的不知道該相信誰。但就在這個時候，韓太賢站了起來，笑著對韓太妍說：「別難過了，那老鬼說的是真的，是我幹的。」

韓太妍跟被敲了一記悶棍一樣，表情驚訝、錯愕，看起來像是完全不能接受這樣的真相。

「妳看！這逆子已經瘋了！太妍，妳立刻讓開！老子要清理門戶！」

韓太妍緩緩的轉身，全身都在顫抖，感覺腦子似乎已經當機。

但當機的，只有韓太妍一個人而已。韓爸率領的魔法師已經舉手準備使用魔法，要把韓太賢連同韓太妍一起轟殺。

結果，韓太賢突然出手了。

韓太賢隨手一揮，一個人揮出一堆淡紫色的魔法光束，一瞬間就把所有的菁英魔法師殺敗。只一招而已，剛才還很囂張囟狠的魔法師們，馬上全部橫七豎八的躺在地上，不省人事去了。

甚至韓爸也中了一招。韓爸雖然有傷在身，可他的修為很明顯的還是比在場眾人高出一階，硬吃了韓太賢一記紫色魔法光束後，竟然還能安穩的站立原地。

「太妍！妳看啊！都這樣了妳還不相信我嗎？還不快點出手幫忙清理門戶，殺死這個喪心病狂的妖怪啊！」

韓太妍看著那一票東倒西歪的魔法師，聽到韓爸這樣的叫聲，她就又回頭，用一種在看陌生人的表情看著韓太賢，問：「……哥？真的是父親所說的這樣嗎？為什麼？」

「嗯，是這樣沒錯。不過哥從小就最疼妳，所以妳只要乖乖的，等哥的大業完成之後，妳一定可以享受榮華富貴！」

「大業？」韓太妍皺著眉頭，臉上掛著兩行清淚，語氣顫抖的問：「什麼大業？」

「殺死那個神劍的繼承者，讓黑龍大人順利清理這個汙穢的世界呀！」

聽到這句話，韓太妍傻了。

韓爸傻了。

同步口譯給大家聽到這邊的藤原綾也傻了。

當然，我也傻了。

既然韓太賢都指名要殺我這個神劍的繼承者了，那我繼續躲著也沒有意義，便乾脆起身問他：「我靠！又我？關我屁事啊！你幹這麼多壞事到底關我屁事啊！」

「我需要一個靠近你的理由嘛～」韓太賢回頭，對我露出親切的笑容，改口用中文回應我。

「所以你就殺你老爸？你不覺得直接買張機票過來比較快嗎？」

韓太賢搖搖頭，說：「唉，人類就是這樣，想的實在太過膚淺了……」

話說到一半，韓爸突然對著韓太賢轟出一道淡紫色的魔法光束，精準的繞過韓太妍，直取韓太賢的頭顱貫穿而過！

這畫面太驚悚，嚇得韓太妍花容失色的跌坐到地上大叫。然而韓太賢卻沒有因此倒地，反而是……當場消失，然後又完好無缺的出現在韓爸身後，同時以迅雷不及掩耳的神速，扣住韓爸的脖子！

韓太賢的眼神逐漸冰冷，殺氣湧現，扣住韓爸脖子的手也加重了力道，像是要直接擰斷韓爸的脖子一樣。

「老鬼，掉下山崖還沒死這是你命大。沒想到你還乖乖回來讓我再殺一次？那我也只好成全你了……」

就在韓太賢話又說到一半的時候，跌坐在地上的韓太妍立刻出手，對著韓太賢打出一記淡紫色的魔法光束，中斷了韓太賢弒父的惡行。

接著韓太妍抹去眼淚，站了起來。

「……妳為什麼要阻止我？」韓太賢把韓爸像件垃圾一樣的隨手一拋，甩到五公尺外的沙地上，然後對著韓太妍說：「我本來還想留妳一條命的……但既然妳急著送死，那我也只好順便把妳收拾掉了。」

說完，他露出一個輕鬆的笑容，隨手一揮，一道淡紫色的魔法光束便朝著韓太妍轟炸過去。這記光束凶狠的轟在韓太妍的右手臂上，轟得她如斷線風箏一樣的飛脫！在空中飛了大約一秒後才落地，還在沙地上滾了好幾圈。

這還沒完，韓太賢的第二波攻勢後續又來，接連好幾道魔法光束朝著韓太妍落地的方向發射過去。

「太、太妍！」

「死韓太妍！」

眼看韓太賢這喪心病狂的傢伙，不但弒父，還真的要把自己從小一手養大的妹妹親自殺掉！我立刻衝向韓太妍，藤原綾則是將手中暗藏許久的靈符化作火舌射出，將那些紫色光束統統擊落。

我來到韓太妍身邊，蹲下去把她摟起來，就看她手臂呈現不自然的扭曲，皮膚更是帶有嚴重的燒燙傷，這手臂當場可以說是毀了。但她沒有死，只是臉色慘白、額冒冷汗的，感覺心理傷害比身體傷害大多了。

雖然我和韓太妍認識不深，但幾次聊天下來，她一直有提到自己從小就是韓太賢帶大的，兩兄妹感情非常深厚，跟我還有我家那死肥豬妹妹不一樣。但我就算跟我家死肥豬吵架吵半天，我也不會真的抓狂到拿刀砍她，結果韓太賢竟然說動手就動手，把韓太妍傷成這樣……這讓我真的感到非常憤怒。

「韓太賢！你瘋了是不是？」我摟著韓太妍，對韓太賢大吼：「她是你妹妹耶！真的有必要做到這樣的程度嗎？」

韓太賢聳聳肩，然後笑了一下。

「錯了。她不是我妹妹。」

韓太賢的突然爆料讓大家又抖了一下！

你的家庭還嫌不夠混亂嗎？難道你現在要爆料說，其實韓太妍是你爸從外面抱回來的嗎？

但他並沒有這麼說，他笑著指指自己的臉，說：「因為我不是韓太賢，真正的韓太賢已經死很久了。我的名字叫做『儡』，傀儡的儡，是黑龍座下的大妖怪。至於韓太賢他呢～只剩下這張人皮，就跟傀儡布偶一樣啦～」

聽到這種話，我懷裡的韓太妍突然推開我，然後咬牙站了起來。

「……我……我就知道……」韓太妍咬牙切齒、面目猙獰的瞪著韓太賢——或者該說是自稱「儡」的妖怪——說：「你果然……不是哥哥……把、把我的哥哥還……」

話還沒說完，那披著韓太賢皮的儡就又出手了。他瞬間來到韓太妍面前，舉起右手，五指成爪，狠狠的朝著韓太妍的臉抓了下去。

「撲擦——！」

一道恐怖的撕裂皮膚的刺耳聲音傳來，一個痛得要死的殺豬尖叫聲，一個緊抱著韓太妍的帥氣男人。

「啊啊啊啊啊！幹！痛啊啊啊啊啊！」

我反應超快的搶在儡傷害韓太妍之前，就把她拉了過來，轉身將她擁入懷中，用自己的背去替她承受了這次的攻擊。

「死陳佐維！」

我緊抱著韓太妍倒到另外一邊去，同時藤原綾也加入戰場，用靈符和儡對戰起來。

「其實就像你說的，真要來殺你，不須花這麼多力氣拐彎抹角。」儡一邊和藤原綾迂迴，一邊對我說：「不過，我之所以要這麼拐彎抹角的融入大家呢……就是為了要得知你們的情報嘛~你們看，像現在我就很清楚小綾她的魔法到底有什麼能耐、有什麼用途，可以對我造成什麼樣的傷害……以至於我可以提早全部避開，然後開開心心、輕輕鬆鬆的反擊唷~」

說完，儡一個靈巧的轉身，同時一腿掃向藤原綾的下盤，將她的五星步法掃得完全潰散。接著，他對著無從閃避的她轟出一記紫色的魔法光束，把她轟成一個人肉全壘打，飛到起碼五公尺之外。

「藤原綾！」

我緊抱著韓太妍也能知道藤原綾那邊發生了什麼事情，但除了鬼吼鬼叫，我根本不知道我能幹嘛！

儡出現在我面前，一腳踩在我背上的傷口，痛得我又大叫起來。他還加重了踩踏的力道，踩得我都聽見脊椎發出喀喀的聲音，踩到我都吐了一口血出來，還吐在韓太妍身上，有夠髒髒。

「哼哼……你到底是比較想要保護小綾，還是想要保護太妍？你挑一個嘛～抱著『我』妹妹，嘴巴卻喊別的女人的名字，我這是替她教訓你！」

傴說完之後，一腳把我踢開，然後對我說：「不過，兩邊都想要保護的結果，就是兩邊都保護不了喔！」

說完，他手上便聚集起一個黑色的氣團。

就算還在聚氣，但光看就知道這砸在韓太妍身上，肯定不死也會去半條命的。

「住手……你不是要殺我嗎？」我咬緊牙關，勉強的站了起來，瞪著傴說：「那就……來針對我啊……不要傷害別人啊……」

傴笑了笑，說：「那又有什麼意思呢？」

他把手中的黑色氣團散掉，但是卻改用其他的魔法，將地上的韓太妍憑空「拉」了起來，「吊」在他的身邊，晃來晃去。

「雖然說，你現在的實力連威脅黑龍大人一片指甲的本領都沒有，但星星之火可以燎原。從接觸你到現在為止的這段時間內，我可是親眼見證了你從連一隻低等地獄犬都打不過，成長到可以在太妍的配合下，獨自解決海怪。假以時日，你肯定能走到和黑龍大人一拚高下的程度。」

「但那不是我希望看見的。」儷雙手一張，笑著說：「我很仰慕黑龍大人。黑龍大人君臨天下的英姿煥發，黑龍大人肅清世界的絕對武力，都美到讓人不敢直視，連稍微靠近一點都是一種褻瀆。只要一想到像你這樣子的人，竟然是命中註定要跟那樣美麗又強悍的黑龍大人對決，我就覺得噁心。」

說到這邊，他語氣一寒，眼神一凜，說：「所以，就算那老鬼剛才沒來攪局，我也已經決定要殺死你。不過，為了懲罰你，我決定讓你死的非常痛苦。」

儷伸手撫摸韓太妍的臉龐，說：「你想保護她不被我傷害對吧？但是你無能為力。悔恨吧！你死了之後，去地獄悔恨為什麼你這麼弱小吧！」

韓太妍氣若游絲。身體和心靈受到的雙重打擊，大到讓她好像已經快死掉了一樣。而她正哭著對我小小聲的說：「佐維哥……快走……」

對，她不是要我救她。她知道我救不了她，所以要我快走，想辦法保護自己。

這個時候我真的就如同儡所說的一樣，感到非常的悔恨。我恨我自己沒有能力可以保護韓太妍，保護藤原綾，保護在場的人。我恨我自己沒有能力擊敗面前的妖怪去拯救眾人。

就跟那個時候一樣。

……就跟，哪個時候一樣？

在這一瞬間，時間暫停了。儡和韓太妍都不動了，全部的人都不動了，就連旁邊的海浪都停住了。

「佐維，你想到了嗎？」

一個蒼老但充滿精神的聲音，從旁邊不遠處傳來。

順著聲音傳來的方向看過去，我看到那隻死掉的花枝的觸手。而觸手上插著的，正是我那怎麼拔也拔不出來的軒轅劍。

「你還記得這種悔恨的心情，對吧？」

聲音是軒轅劍傳來的，是從軒轅劍裡面的劍靈傳來的。他的形象再度現身，高傲的站在劍柄上，認真的看著我。

「你的靈魂沒有忘記這種感覺，你還記得這份悔恨，你很清楚的了解，你想要保護大家，想要保護所有你愛的人事物的這份心情。對吧？」

我看著軒轅劍靈，默默的點了點頭。

我其實不記得發生過什麼事情，我根本不知道那個時候是什麼時候。但這種後悔的感覺就像是刻在我腦子裡，刺在我骨髓裡，埋在我心臟中，深入我每一滴血一樣。

我忘不掉，我感同身受，我印象深刻。

「我想保護大家。」我說，淚水不自覺的從眼角滑落，「可是我辦不到……我沒有力量。」

「我有。」

軒轅劍靈說：**「我有力量。只要你能記好這份想要保護眾人的心情，然後呼喚我的名字，我的力量就能化為你的力量。」**

我瞪著軒轅劍，看著他的劍靈形象慢慢的消失。然後，我點點頭。

接著，我抹掉淚水。

「來吧……來吧！軒轅劍！」

我轉頭看著儡，伸出我的右手，再度用力的大吼：「過來吧！軒轅劍！來啊！」

隨著軒轅劍飛過來的瞬間，時間再度流轉。儡那隻手又開始在韓太妍的臉上亂摸，而韓太妍又繼續哭著要我快走。

我握住軒轅劍的劍柄，突然感到一股強大又霸道的魔力自劍柄傳入我的身體裡面。那魔力強勁的令人不吐不快。於是我改用雙手握住劍柄，接著對著儡的方向空揮一劍，劈出一道霸道至極、去勢極猛的剛強劍氣。

跟以往揮出的黃金劍氣不一樣的是，此時我的劍氣是充滿霸氣的黑色劍氣！

這道黑色劍氣直接把儡的手劈斷，乾乾淨淨，一刀兩斷，同時還截斷了儡對韓太妍的禁錮。但失去禁錮的韓太妍並沒有摔落地面。軒轅劍輸進我體內的靈氣不但治癒了我身上的傷口，還提高了我全部的狀態。我在一瞬間來到了韓太妍的身邊，一把將她抱住，不讓她因為摔倒又受一次傷。

我將她輕輕的放下，對她說：「放心好了，剩下的交給我。」

韓太妍臉上全無血色，但她還是露出安心的笑容，才點點頭閉上眼睛。

我站了起來，回頭怒視著那個儡。

儡已經將被劈斷的手臂接回，但他卻再度露出了欣喜若狂的笑容。

「對！就是這種力量！」儡失心瘋似的，邊笑邊說：「只有這樣的力量，才配得上跟黑龍大人一戰啊！喝啊啊啊啊！」

說完，儡雙手同時比出劍指，對我劈出一道又一道的黑色劍氣。

但看在我眼中，那些黑色劍氣的速度極慢無比，慢得我可以輕鬆閃避。可是只要我一閃開，肯定會波及到韓太妍。於是我選擇反擊，再度揮出一劍！用一道極強至霸的剛猛黑色劍氣，吞噬了儡所有的劍氣攻擊，甚至狠狠的將他劈成碎片！

但儡沒死。

我清楚的看見，在劍氣劈中儡之前，一團黑色的霧從儡的鼻孔噴了出來。我轟碎的只不過是那張韓太賢的人皮罷了。

「哈哈哈哈哈……你殺不死我的！神劍傳人啊！我們還會再見面的，哈哈哈哈哈！」

傀儡嘲笑我的聲音，不斷的迴盪在空氣之中。

或許是因為危機已經解除，所以我身上那股強悍的魔力跟著消失。同時，我也感覺眼前一黑，就這麼不省人事去了……

NO.007

如果我們不是魔法師的話……

從那場決戰之後，已經過了四天了。

這段時間內，從韓國方面傳來了一件大消息——韓太賢把【大宇宙結社】的資產統統掏空，然後人間蒸發！這差點讓【大宇宙結社】直接倒閉，也因此，好不容易才「死而復生」的韓爸，立刻率領眾魔法師們回去韓國坐鎮。

只有一個人沒回去，就是在那場決戰中搞得身心俱疲的韓太妍。她右手被打成重殘，自己從小到大最親近的親哥哥不但已經死得不明不白，殺害哥哥的凶手還披著他的皮要來殺自己。這種殘忍的事情竟然會出現在普遍級的故事……我是說，竟然會發生在她的身上，她完全沒有想過。

因此她沒有馬上跟著結社眾人回去，而是選擇先留在臺灣接受【組織】的治療。治療自己右手的傷口，還有心理的創傷。

這段時間，藤原綾倒是找韓太妍找得很勤勞。也因此，我自己的空閒時間倒是很多，多到我可以好好睡覺、休息，打《魔獸》、玩《暗黑》、上網，以及好好唸書。

時間多到某天我在睡午覺的時候，還做了一個夢。

我夢到韓太賢。

他在夢裡看起來跟之前那個樣子差不了多少。一樣是西裝筆挺，一樣帶著鄰家大哥般的親切笑容，一樣陽光帥氣。

他先是向我深深的鞠躬，說聲抱歉。

這一切的事情都要追溯回三個月前。

三個月前的某天，韓太賢正在進行天道魔法訓練，在跟自然神靈溝通的時候，接觸到偏。幾乎是從那個時候開始，偏就已經在入侵他的心神，慢慢的侵蝕他的靈魂，直到點滴不剩。也因此，才會引發日後的種種事件。

來託夢給我的，是韓太賢最後的靈魂力量了。

他沒有去找韓太妍，也沒有去找藤原綾，因為他覺得很不好意思面對她們。但他選擇來找我，是因為我擁有可以幫他報仇的力量。

「所以……我要走了。」

夢的最後，韓太賢對我露出一個解脫的笑容，「很感謝你。雖然我們從沒真正認識過，但你最後的那一道劍氣，卻讓我得到永遠的解脫。不過，我想拜託你一件事情。」

「嗯？」

韓太賢抓抓頭，有些不好意思的說：「這個嘛……以後我不在的時候，就麻煩你照顧太妍了。我先走了，再見囉！」

「咦？」

不給我說話的機會，韓太賢走得非常瀟灑。而且他一走，就強制讓我清醒過來，不讓我繼續做夢，很逼機。

而且更逼機的是，我難得做夢夢到人，竟然是夢到一個男人！麻煩下次誰要來託夢給我的時候，可不可以先換成女人的形象啊！不然沒事夢到男人想想也怪噁心的啊！

不管怎樣，睡醒就是睡醒了。

當我走出房間想去廚房倒杯水喝的時候，跑去找韓太妍陪她聊天的藤原綾，也剛好回到家。

「嗯？妳回來了啊！」我問。

「你沒去練功？」藤原綾皺眉反問。

我抓抓頭，有點尷尬的說：「呃……那個……」

「算了算了！」藤原綾白了我一眼，然後說：「先跟我走，太妍指名說想要見你。」

「……見我？不好吧！到時候妳又要生氣……」

「知道我會生氣吼！」

藤原綾瞪了我一眼，然後拉起我的手，說：「不、不過既然你還知道會先考慮我的心情，本小姐可以答應你……等、等一下你在跟那賤人講話的時候，不生氣。反、反正那傢伙晚上就要搭飛機回去韓國，以後你也沒機會再看到她了啦！」

「是喔？她這麼快就要回韓國了喔？」

「不然咧？你希望她留在這邊陪你是不是啊？哼！」

「當、當然不是了……」我抓抓頭，感覺藤原綾實在越來越詭異了。

自從那次決戰之後，她每次去找韓太妍回來，對我就好像更好了一點。我完全不知道為什麼。然而，偶爾只要讓她想到我與韓太妍好像是好朋友的事情時，她又會加倍的不爽。這樣矛盾的情緒讓我對她感到有些……嗯，難以招架。

⊕⊕⊕　　⊕⊕⊕

我們坐車回到那五星級大飯店，藤原綾也沒跟櫃檯報備，就直接上樓，來到韓太妍的房間門口，踹門當敲門。

踹了半天，韓太妍才把門打開。一看到藤原綾，就白了她一眼說：「還來幹嘛？又不是找妳，是找妳男朋友，妳跟來幹嘛？」

「哼，妳以為我會讓這容易被拐走的人單獨跟妳這居心不良的人見面嗎？誰知道妳又會耍什麼賤招了！」

韓太妍搖搖頭，沒打算與藤原綾繼續耗下去，轉身直接進了房間。藤原綾拉著我也跟著進去了。

韓太妍的房間跟我和藤原綾之前的那間一樣，只不過多了兩個大行李箱，行李看來是已經收拾好了。

「喂，妳啥時上飛機啊？」藤原綾問。

「晚上十點半，還有留機會讓妳請我吃頓晚餐當作餞別，不錯吧？」

「什麼餞別，是送終！」

這兩個女人真的一見面就會吵不停耶……所以說藤原綾這幾天一直來看她，只是因為想找人鬥嘴嗎？而她對我好的時候，只是因為把氣出完了才給我點甜頭，然後又因為整天跟她吵架，所以只要想到我和韓太妍關係不錯，就會更生氣？

韓太妍搖搖頭，不想理會藤原綾，轉頭看著我，說：「佐維哥，可以過來一下嗎？」有了剛才那些猜測，我當然不敢直接過去，而是先看了看藤原綾。藤原綾很滿意的點點頭，我才敢走過去。

不過，走到韓太妍面前的時候，我也不知道要說什麼。該說些安慰她的話嗎？或者該說些加油打氣的話呢？還是要不要乾脆跟她說下午我夢到韓太賢要我好好照顧她啊？

我還在想，韓太妍就笑了笑，開口說：「雖然小綾也在，不過沒關係，這樣更好。」

「嗯？」

說完，韓太妍她突然緊緊的抱住我。雖然因為其中一手打上石膏，角度不太好喬，但她還是很用力的抱著我。

「咦咦咦咦咦？」

「啊啊啊啊啊！妳給我放開啦！死韓太妍！」

韓太妍不理會藤原綾的叫囂，在我耳邊小聲的說：「佐維哥，你其實不是藤原綾的男朋友，對吧？」

「咦？妳怎麼……不、不對啦！我是啦！真的……」

「少來，女人的直覺很準的。」韓太妍緊緊的抱著我，說：「那個時候，在人家最受傷的時候，你一直擋在我面前，那個英姿真是帥呆了！最後你說要我安心，我也才能真的安心……然後，我就覺得……我好像真的迷上你了唷～」

「呃，啊哈，哈哈哈哈……」

我趕緊看著藤原綾，表示我是清白的，都是韓太妍說的啊！

可是藤原綾現在根本就氣到快噴火了，又礙於剛才在出發前所說的，她不會生氣的理由，因此現在完全不想管我。所以我只好自救，稍稍把韓太妍推開，說：「我是啦……我真的是我家社長的副社長兼男朋友兼打雜……工作量很多的……真的啦……啊哈哈！」

「那很好！」

聽到我這樣說，沒想到韓太妍卻轉頭對藤原綾說：「小綾，我跟妳說。這個佐維哥，我是真的看上了！我一定要把他從妳身邊搶過來！」

靠！妳聽到我說我是了卻還要跟人家搶，妳現在是嫌我命太長想幫我縮短一點是嗎？把妳搞成這樣的嚴格說起來也不是我，幹嘛突然惡搞我啊！

「妳……」藤原綾終於忍受不住了，咬牙切齒的走到我身邊，一拳把我揍倒後再把我拖出房間，邊走還不忘記邊對韓太妍嗆聲：「妳要是搶得走，再來試試看啦！給我滾回韓國去啦！哼！」

「嘻！佐維哥～你別忘記我們的約定，下次要帶我去逛夜市喔！人家會期待的！」

我也不敢回應啊！

藤原綾倒是幫我回應了：「去妳個頭啦！都沒跟我去過了他哪可能會跟妳去，妳慢慢排隊啦妳！」

說完，藤原綾拖著我離開的速度就越來越快，越來越快。

⊕⊕⊕　　⊕⊕⊕

大概是因為韓太妍的嗆聲讓藤原綾感到有威脅性吧……所以在離開飯店之後，她又帶著我去很久沒去的高級餐廳用餐。

「我們的破產危機才剛度過吧？」我一邊切著牛排，一邊擔心的問：「馬上就吃大餐，沒問題嗎？」

藤原綾聳聳肩，說：「沒問題。有人要幫我們永遠解決結社經濟的問題了。」

「嗯？」我愣了一下，問：「是美惠子阿姨嗎？」

「不是。」藤原綾搖搖頭說：「是【大宇宙結社】。他們家雖然資產被掏空，但大結社要恢復元氣的速度很快。而且現在正是他們招兵買馬、吸引小結社結盟的時機。所以太妍她爸問我的時候，我就答應了。」

「咦？」我吃驚的又追問：「所、所以妳要把結社賣給他們了？」

「不算賣。」藤原綾笑著說：「而且還相反。他們結社現在只剩下名氣了，但也是因為這個名氣的關係，【組織】不會隨便讓他們倒閉。然而就算是如此，他們也比較難跟小結社談結盟條件。」

「呵～趁這個時機殺進去，姑且不管未來還有沒有機會占住更高的權力核心位置，起碼現在進場，簽訂的合約對我們是比較有利的。光是連要求在結社招牌前面掛名【大宇宙】都不必了，只要能固定交給他們一定數量的任務完成數就夠了。基本上這點，就跟他們直接送錢給我們花一樣，嘿嘿～快點稱讚你女朋友很厲害啊～」

我點點頭，畢竟我連正常魔法師該注意的都不算懂了，現在又扯到商業利益，問題的艱鉅程度又更往上翻了一倍。不過對於她最後那句話，我還算是有聽懂，就笑著說：「是啦～我家社長最棒了！」

「你……哼！勉強可以接受，哼！」

吃完晚餐，藤原綾牽著我的手又跑去附近逛百貨公司。她逛街的時候臉上洋溢著幸福滿分的笑容，看起來解決破產危機的事情，真的讓她很放鬆。

社長大人高興了，那我當然就高興啦！總比整天都得看她臭臉好啊～

我們一直逛了兩個多小時才回家。但回到家的時候，卻發現我們家客廳不但燈火通明，電視還是開著的。最囂張的是，那個潛入名宅的歹徒，竟然還光明正大的坐在沙發上，用我專用的馬克杯喝飲料啊！

而且這個非法闖入民宅的歹徒，不是別人，根本就是那個說晚上要搭飛機回韓國的韓太妍啊！

一看到韓太妍，藤原綾馬上指著她，目瞪口呆的說：「妳、妳不是上飛機了？怎麼會在這裡啊！」

「嗯？」韓太妍慵懶的躺在沙發上，指了指放在角落的那兩個行李箱，露出甜美的微笑說：「喔，我後來想想，我不回去了。而且呀～妳看～」

說完，韓太妍拿出一張合約書，笑容滿面的說：「喏～根據這張合約上面所寫，我，韓太妍，是你們【神劍除靈事務所】的董事長喔！既然我是董事長，留在這邊就近觀察我手中企業的運作，很合理正常吧？」

藤原綾走過去，把那張合約拿過來看了個仔細，結果像是現在才發現上面還真的有這麼一條項目一樣，生氣的說：「哪、哪有這樣的啦！」

韓太妍站了起來，笑容滿面的摸了摸藤原綾的頭，說：「自己沒把合約看仔細，別怪我囉～小綾啊～董事長的行李還在那邊，而我的手還在受傷，不太方便呢！所以呀～妳趕快去幫我收好吧！」

「收、收妳個頭啦！妳快給我離開……」

沒理睬藤原綾，韓太妍直接走到我身邊，然後牽起我的手，將我往外面拖，邊拖邊走著說：「哈哈哈～佐維哥走囉走囉～你趕快帶人家去逛夜市吧！」

我又被個女人拖著走了……

而這時候，藤原綾立刻生氣的對我們大吼：「回、回來啦！吼！死陳佐維！死韓太妍！你們！」

聽到藤原綾這樣大吼，韓太妍突然停下腳步，把我放開，然後回頭對藤原綾深深的一鞠躬。

「小綾，這是我第一次，一定也是最後一次。我要跟妳道謝。謝謝妳這幾天一直不斷的過來陪我聊天，陪我度過這段低潮。謝謝妳。」

大概是沒料到韓太妍會突然來這招吧，藤原綾和我都愣住了。尤其是藤原綾。

她回神過來後，馬上雙手交叉在胸前，將臉別開，故作生氣的說：「少、少來了啦！那、那那那只、只是因為本、本小姐還沒有親手打敗妳……不、不准妳被別人打敗而已啦！哼！」

「嘻嘻……」韓太妍笑著偷看了我一眼，那表情像是在跟我說她早知道藤原綾一定會這樣講。

這也讓我想到，也許真的如韓太妍所說，如果她們不是魔法師的話，會是好朋友也不一定。

「上次我們的賭注呢～應該是沒分出勝負，賭注無效吧？」韓太妍把腰桿挺直，整理好服裝後，又再度偷偷的把我的手勾住，然後對藤原綾露出一個挑釁的笑容說：「我們再來賭一次！我賭佐維哥最後一定會喜歡上我的！」

「什麼……」藤原綾瞪大眼睛，不敢置信的看著韓太妍。

然後，韓太妍就笑著把我拉出房子，要我帶她去逛夜市。藤原綾見狀，立刻跟了出來。三個人在美麗的夜色下，喧鬧的東別夜市裡，笑鬧著追逐著。

而我，也彷彿聽見我未來平靜美好的生活逐漸崩壞的聲音……

《魔法師的傀儡之舞》完

NO.AFTER

嘿嘿～很帥吧？

這天晚上，在臺中市某區靠海邊的一棟荒廢的廢墟大樓裡，有一隻拚命逃跑的妖怪。牠不斷的跑，還不斷的回頭看後面的「死神」有沒有追來。

今天晚上真是倒大楣了！

這隻妖怪本來在這裡占地為王，率領了一票小妖怪躲在這邊，偶爾騷擾一下附近居民，小生活過得還算愜意。

結果也不知道是招誰惹誰了，今天晚上突然來了兩位少女，一個穿著一身純白運動服，另一個穿著高中制服，感覺像是附近學校的學生晚上不睡覺，偷偷跑來玩試膽大會一樣。

正當大家都覺得這兩位是自己送上口來的美味少女，每隻妖怪都蠢蠢欲動，甚至已經有妖怪在討論要分食兩位少女身體哪些部位的時候，大家才突然發現，原來這兩個少女並不好惹。

白衣少女手上持著一把單手古劍，揮振出來的黃金劍氣所經之處，妖怪非死即傷。不但遠攻劍氣超強，近身作戰更是幾近無敵。憑她小小年紀，真難想像她到底是經過怎樣的刻苦修煉，才能擁有這種修為？

高中制服妹手中持著道符，口中唸動真咒，三昧真火燒盡九重天！雖然威力不似白衣少女那般霸道，但制服妹展現出來的細膩，那種鋪天蓋地而來的浩然正氣，隱約有天仙下凡降妖的氣勢存在。

兩個女孩默契極佳無比，三兩下功夫，就把這棟荒廢大樓裡的眾多小妖怪消滅的一乾二淨。

然後，就只剩下占據此地為王的大妖怪了。

大妖怪自知不是兩人的對手，很快就判斷好情勢，拚命的逃跑。但人算不如天算，早在兩女進來此處之前，高中制服妹已經布好「法陣．天羅地網勢」，將整棟大樓包圍起來，裡面的妖怪早就插翅難飛。

於是，被逼到絕路的妖怪，便拿出全力要與兩女對決，力拚最後的一線生機！

「不跑了嗎？」

率先追上的是高中制服妹，她右手用劍指夾著道符，臉上掛著充滿自信的微笑，「既然不跑了，那便乖乖伏誅吧！」

「可惡……我跟妳拚了！吼啊！」

吼完，妖怪就撲向少女，施展一連串的攻勢。

然而，說也奇怪。制服妹看似沒有移動腳步，又或者連閃避都沒有，但妖怪的攻勢卻沒有一次是成功擊中制服妹的。與其說是少女閃避，不如說是妖怪自己揮空？就連妖怪自己本身也感到納悶，在無數次攻擊落空之後，牠終於認清自己與少女之間修為的差異判若雲泥。

因為眼前的少女，是一個真正的……怪物。

就在妖怪做出如此體認的同時，一道黃金劍氣突掃而至！成功命中了妖怪的身體，摧枯拉朽的，將妖怪轟成片片金黃色的碎片，消散在空氣之中。

看著妖怪落得如此下場，制服妹只是抓抓頭，回頭對身後的白衣少女笑著說：「小靜啊～不管看了幾次，我都還是很想問妳，有必要出這麼大力氣對付這種小妖怪嗎？」

穿著白衣的少女一直面無表情，聽到制服妹問她，才微微揚起嘴角，反問：「替天行道，不正是如此？」

這兩個少女不是別人，正是奉命前來臺灣尋找陳佐維的公孫靜，以及自稱是建成仙人關門弟子的慕容雪。

自從上個月在臺中山區偶遇之後，慕容雪就收留了在臺灣無處可去的公孫靜。

當初，為了要報答公孫靜幫她收拾山鬼之恩（詳情請見《魔法師與祖靈的怒吼》），慕容雪便替公孫靜卜卦算出陳佐維的下落。不過，或許是上天自有安排，卦象顯示公孫靜與陳佐維距離很近，但還不到慕容雪可以插手干預的程度。因此，在有說跟沒講一樣的情況之下，公孫靜便打算繼續尋找陳佐維的旅程。

然而，在各種利益的計算之下，慕容雪便收留了公孫靜。要不然，建成仙人留下來的道觀遲早會因為破產而倒閉的！

她收留公孫靜，有這麼一個大美女當作活招牌，不管是算命服務或者是降妖伏魔的業務，肯定都會更上層樓，替道觀微薄的收入帶來可觀的改善。

而無處可去的公孫靜，也同意留在此處。畢竟慕容雪的本事不假，卦象也只說還不到慕容雪可以干預的時候，那或許表示，只要自己能跟在慕容雪身邊，時日一長，等「慕容雪可以干預」的時候到來，那自己尋找陳佐維的任務完成之時，也指日可待。

總之，就是因為這樣的原因，兩個少女便湊在一起，度過了一個月的歡樂時光。

慕容雪很健談、樂觀，也很幽默風趣。雖然收留公孫靜的動機有些許不純，但她是真的很真心誠懇的在照顧公孫靜的日常起居，是很認真的在跟公孫靜交朋友。所以這一個月，公孫靜感受到她失去了許多年的「友情」。

這個任務結束之後，當公孫靜和慕容雪正在整理行裝，準備要離開的時候，公孫靜突然感覺到這附近有「軒轅劍法」的氣息，而且那氣息非常的強烈。於是，她立刻直奔氣息所在之地而去。

那是一個崩壞的海邊廢鐵皮屋。除此之外，一無所有。

但公孫靜感覺得出來，幾天之前，有人在這邊施展了軒轅劍法，而且還是很強悍的軒轅劍法。

一種「陳佐維也許就在附近」的強烈感受，又襲上心頭。

「小靜！」

好不容易追過來的慕容雪，氣喘吁吁的跑到公孫靜身後，說：「呼……怎、怎麼啦？怎麼突然緊張了？」

「……我感覺到……也許我在找的那個人，就在這附近。」

「是嗎？」

慕容雪皺著眉，畢竟這附近不要說是人了，就是連有人活動的跡象都沒有。但她看得出來，公孫靜這個不會說謊的人是真的發現了什麼。於是她笑了笑，搭著公孫靜的肩膀說：「好啦好啦～小靜～妳在找的那個人很快就會出現囉！不然雪姐姐再幫妳卜上一卦，看看他到底是不是在這附近，好不好呀？」

「……嗯。」公孫靜點點頭。

基於一些保護神劍傳人的理由，公孫靜其實沒有把她在找的人的名字透露出來。幸好慕容雪也沒要求她一定要報名才能卜卦。所以慕容雪一直到現在，還不知道公孫靜在找的人到底是誰。

但，也許就是上天所謂的「時間」到了。

正當慕容雪要從包包裡拿出卜卦道具的時候，一個不小心，她把自己一個很珍藏的小皮夾掉了出來。皮夾掉在沙地上，攤了開來。

公孫靜撿起那個並沒有裝錢的皮夾，本來只是想要還給慕容雪而已，沒想到她卻在皮夾的夾層內看到一張照片。

照片裡面的人，是穿著高中制服的慕容雪，以及跟她穿同樣的學校制服的……

陳佐維？

「為、為什麼？妳跟這個人會有合照？」公孫靜瞪大眼睛，看著照片裡面笑得很開心的兩人，不敢相信的說著。

「哦，這個啊？」慕容雪笑咪咪的回應：「這是我的孽緣吧！不過，嘿嘿～很帥吧？」

公孫靜平常沒什麼表情的變化。久居山洞、長年潛修「軒轅神功」，讓她很少會因為吃驚而改變臉色。

但這一次，她真的是太吃驚了。因而露出這輩子第一次……目瞪口呆的表情。

公孫靜和陳佐維的距離很近，但還不到慕容雪可以插手干預的程度。

而這一次，她終於要跟陳佐維碰面了。

《現代魔法師03》全文完

敬請期待更精采的《現代魔法師04魔法師的修羅地獄》

飛小說系列078

現代魔法師03

魔法師的傀儡之舞

出版者■典藏閣
作　者■佐維　繪　者■Riv
總編輯■歐綾纖
製作團隊■不思議工作室
郵撥帳號■50017206 采舍國際有限公司（郵撥購買，請另付一成郵資）
台灣出版中心■新北市中和區中山路2段366巷10號10樓
電　話■(02) 2248-7896　傳　真■(02) 2248-7758
物流中心■新北市中和區中山路2段366巷10號3樓
電　話■(02) 8245-8786　傳　真■(02) 8245-8718
ISBN■978-986-271-415-7
出版日期■2013年12月
全球華文國際市場總代理／采舍國際
地　址■新北市中和區中山路2段366巷10號3樓
電　話■(02) 8245-8786　傳　真■(02) 8245-8718
新絲路網路書店
地　址■新北市中和區中山路2段366巷10號10樓
網　址■www.silkbook.com
電　話■(02) 8245-9896
傳　真■(02) 8245-8819

典藏閣不思議工作室2013安利美特animate限定版

只要符合以下條件，就有機會獲得【現代魔法師超萌毛巾】1條——
準備與泳裝萌妹子一起清涼一夏吧！

1. 即日起至2014年6月10日止，在**安利美特**購買**《現代魔法師》全套八集**。
2. 在書後回函信封處蓋上安利美特店章，或是影印安利美特購書發票。
3. 將全套8集的書後回函（加蓋店章）寄回；若採影印發票者，請一併寄回發票影本。
   PS. 可以等購買完「全8集」後，再於2014年6月10日前，全部一次寄出。

☞您在什麼地方購買本書？☜

☐便利商店＿＿＿＿＿ ☐安利美特 ☐其他網路書店＿＿＿＿＿

☐書店＿＿＿＿＿市／縣＿＿＿＿＿書店

姓名：＿＿＿＿＿地址：＿＿＿＿＿＿＿＿＿＿＿＿＿＿＿＿＿＿＿＿＿＿＿＿＿

聯絡電話：＿＿＿＿＿電子郵箱：＿＿＿＿＿＿＿＿＿＿＿＿＿＿＿＿＿＿＿＿＿

您的性別：☐男 ☐女 您的生日：＿＿＿＿＿年＿＿＿＿＿月＿＿＿＿＿日

（請務必填妥基本資料，以利贈品寄送）

您的職業：☐上班族 ☐學生 ☐服務業 ☐軍警公教 ☐資訊業 ☐娛樂相關產業
☐自由業 ☐其他＿＿＿＿＿

您的學歷：☐高中（含高中以下） ☐專科、大學 ☐研究所以上

☞購買前☜

您從何處得知本書：☐逛書店 ☐網路廣告（網站：＿＿＿＿＿＿＿） ☐親友介紹
（可複選） ☐出版書訊 ☐銷售人員推薦 ☐其他

本書吸引您的原因：☐書名很好 ☐封面精美 ☐書腰文字 ☐封底文字 ☐欣賞作家
（可複選） ☐喜歡畫家 ☐價格合理 ☐題材有趣 ☐廣告印象深刻
☐其他＿＿＿＿＿＿＿＿＿＿

☞購買後☜

您滿意的部份：☐書名 ☐封面 ☐故事內容 ☐版面編排 ☐價格 ☐贈品
（可複選） ☐其他

不滿意的部份：☐書名 ☐封面 ☐故事內容 ☐版面編排 ☐價格 ☐贈品
（可複選） ☐其他

您對本書以及典藏閣的建議＿＿＿＿＿＿＿＿＿＿＿＿＿＿＿＿＿＿＿＿＿＿＿＿＿

＿＿＿＿＿＿＿＿＿＿＿＿＿＿＿＿＿＿＿＿＿＿＿＿＿＿＿＿＿＿＿＿＿＿＿＿＿

＿＿＿＿＿＿＿＿＿＿＿＿＿＿＿＿＿＿＿＿＿＿＿＿＿＿＿＿＿＿＿＿＿＿＿＿＿

✌未來您是否願意收到相關書訊？☐是 ☐否

✍感謝您寶貴的意見✍

印刷品

$3.5
請貼
3.5元
郵票
不思議信箱
FUSIGI POST

235 新北市中和區中山路二段366巷10號10樓

華文網出版集團　收

（典藏閣－不思議工作室）

魔法師的傀儡之舞

現代魔法師 03